Panegyrique
de
Saint Louis, Roi de France,

Prononcé dans la chapelle du Louvre, en présence de M. M. de
l'Académie Française le 25 Août 1780.

par M.r l'abbé Hugues Duteme,
Chanoine Archidiacre de l'Eglise Métropolitaine et primitiale de Bordeaux,
et Vicaire général du Diocèse de Cambray.

8.º Z le Senne 8887

Panégyrique.

Quia dilexit Dominus populum suum idecircò, te regnare fecit super eum.

Parceque le Seigneur a aimé son peuple, il vous a fait roi. II Par:, Chap: 2, V. 11.

Heureuses les nations gouvernées par des princes de qui l'on peut rendre le glorieux témoignage! Heureux les princes euxmêmes choisis par le dominateur des Empires pour être les ministres de son amour! Le saint Roi, à qui je viens rendre hommage, a exercé le haut et rare ministère. La religion le place sur les autels dans nos temples; la patrie lui décerne un tribut dans tous les cœurs: le sanctuaire de la

Justice retentit encore de ses oracles: la gloire
de son nom décore parmi nous un ordre
de guerriers. Une longue suite de souverains
s'honore plus de l'héritage de son sang que
de son trône; chaque année il reçoit un
tribut de vénération dans l'assemblée des
sages, et sa fête depuis cinq siècles, est
en quelque sorte celle du peuple qu'il a
gouverné: toujours l'Église, la France et
les lettres lui diront de concert: quia
dilexit Dominus populum suum, id circo
te regnare fecit super eum.

     Vous le savez, Messieurs,
le nom de Louis IX nous rappelle un
monarque choisi par Dieu lui-même
pour diriger la France barbare dans les
voies de la justice, et pour ouvrir dans la
nuit des temps une route de lumières aux

races les plus reculées: son caractère universel
et sublime concilia toutes les qualités des
grands hommes, et toutes les vertus des grands
Saints; réunissant celles même qui semblent
se combattre, la simplicité de l'Evangile
à l'élévation du génie, une douceur inalté-
rable à une justice inflexible, l'humilité
du cénobite à la majesté du Souverain, le
calme de la paix et de la retraite aux trans-
ports généreux de l'héroïsme; il eut, si
j'ose m'exprimer ainsi, une singularité de
grandeur qui étonne l'imagination et qui
subjugue l'âme. Comparé avec son siècle,
il présente à notre admiration la supériorité
de ses lumières; considéré en lui même, il
offre à notre amour le rare assemblage
de ses vertus. Tels sont les rapports sous
lesquels j'envisagerai le Saint dont la

rigne sur la France fut un éclatant bienfait du maître des empires.

Dans quelle circonstance plus favorable, Messieurs, pourais-je prononcer devant vous l'éloge d'un prince qui a préparé la loi paternelle des affranchissemens ? La postérité dira de notre auguste souverain : il était digne du trône, puisqu'imitateur du plus saint de ses ancêtres, il a voulu commander à un peuple libre ; elle dira de vous, Messieurs : ils étaient dignes du don du génie, puisque, faisant le plus noble usage des lettres, ils ont chanté à l'honneur d'un tel monarque l'hymne de la liberté.(1)

Implorons les lumières de l'Esprit Saint par l'intercession de Marie, Ave, Maria.

Première Partie.

Les mœurs publiques impriment
à chaque siècle le caractère qui leur est propre.
Ainsi, les Germains, les fiers conquérans des
Gaules, marquent le premier âge de notre
empire du sceau de leur ignorance et de leur
barbarie, s'avancent à pas lents vers les lumières et les loix, sommeillent ensuite sous les
rois fénéans (2) pour se ranimer à la voix de
Charlemagne, et faire retentir l'Europe
entière du bruit de leur réveil: mais, après
quelques instans d'une gloire éclatante et
trop rapidement éclipsée, on cherche en vain
le monarque dans la monarchie. Je dirai
presque l'homme vertueux dans un royaume
chrétien: On apperçoit la France couverte
des débris du trône; le sceptre tombé pour

la soumission des mœurs, sa faiblesse dans
celles de l'ambition, les liens de la dépendance
brisés, la puissance publique anéantie, les droits
de l'empire et du sacerdoce confondus; la tyrannie,
le brigandage, le crime, à la place de l'humanité,
de la justice et de la vertu. Dieu de Clovis, jusques
à quand souffrirez vous que la licence domine en
souveraine dans votre héritage?

Enfin celui qui règne dans les
cieux a marqué un terme à tant de calamités: un
grand saint monte sur le trône pour lui rendre
sa majesté et sa puissance; destiné à être le
restaurateur de la monarchie dans un siècle de
désordres et de ténèbres, il surmontera les obstacles
qui s'opposeront à ses desseins; il mettra la loi à
la place de la force, et par l'influence de ses
lumières, il deviendra le guide et le bienfaiteur
de la postérité. Appelé au trône dès l'âge le plus

tendre, il craint d'y monter, il pleure sur son
élévation. Ce qui ou la religion consacre sa
puissance, ce qui si capable d'émettre le vulgaire
des rois, fut pour St Louis un ... de frayeur
et de larmes. Arbitres du monde, venez apprendre d'un monarque de douze ans les devoirs
et les dangers du rang suprême. S'il reçoit
l'onction sainte, c'est en levant les bras
vers le ciel, pour vous montrer qu'il est au
dessus de vous un maître dont vous n'êtes que
l'image et les ministres. S'il prend le
sceptre, c'est d'une main tremblante, pour
vous faire sentir tout le poids de la royauté.
S'il se dévoue par serment au malheur de
régner, c'est dans l'esprit d'un généreux
sacrifice, pour vous faire connaître que vous
n'êtes plus à vous, mais à vos peuples;
que le trône est un autel où vous devez vous

immoler vous mêmes, que la félicité publique
est la dette des Souverains. Ô France! quelle
dut être ta joie dans le jour mémorable où tu
pus lire dans le rang de la plus noble des
victimes les présages de ton bonheur!

Des dispositions si heureuses,
cultivées par des mains habiles, ne pouvaient
que réaliser les espérances des Français; mais
comment Louis échappera-t-il à ces vils —
esclaves du mensonge et de la fortune, qui
corrompent la jeunesse des Rois pour trafiquer
de leurs vices et de leurs faiblesses? à ces maîtres
d'orgueil et d'oisiveté qui jettent dans l'âme
des jeunes Souverains tous les germes du
malheur public, pour recueillir une mois-
son de richesses et de grandeurs?

Comment il leur échappera,
Messieurs! Je le vois passant tout à l'heure

au pied des autels dans le lieu des combats, loin
du luxe et de la mollesse, se formant à gouverner
comme à vaincre; je le vois à l'école de l'histoire,
au tribunal où les princes détrônés par la
mort n'échappent à la censure que par leurs
actions; où la vérité, juge du pouvoir, fait
entendre sa voix libre et fière de la postérité.
Je le vois l'Évangile à la main, nourrissant son
âme de vérités sublimes, et puisant dans
l'amour d'un Dieu pour les hommes cet
amour tendre dont il brûla constamment
pour ses peuples. Je vois à ses côtés le
chancelier Guérin, ce ministre vénérable;
guerrier, pontife, magistrat, dont la valeur,
la piété, la justice l'instruisent par des
exemples; le conservateur des chartes de la
monarchie, qui, après avoir illustré trois règnes
par sa vertu, les enrichit tous d'un trésor

formé par ses soins. Je le vois recevant avec
docilité les leçons de la plus tendre des mères.
L'éducation de St Louis fut le plus grand
bienfait de la Régente. Princesse d'une
patrie étrangère, mais d'un cœur Français,
d'un sexe faible, mais d'une âme forte; d'une
beauté pleine de charmes, mais d'une fierté
imposante; habile à profiter des passions
d'autrui, mais attentive à régner sur les
siennes; bien au-dessus des obstacles par son
courage, de la calomnie par sa vertu; trop jalouse
peut-être; mais plus capable encore de commander;
digne en un mot de venger l'honneur de son
sexe d'une loi qui l'éxclut du trône, et de
porter elle-même le sceptre qu'elle eut la
gloire d'affermir. (3)

  À quoi tient, Messieurs,
la destinée des empires! St Louis, vainqueur

par des rebelles, eut peut-être laissé la France
barbare jusqu'à ce jour: eh! que n'ont-ils pas
fait pour ravir à la nation les fruits de cette
haute sagesse qui devait en préparer la grand-
-eur? St. Louis est obligé de conquérir sa couronne;
les vassaux puissans s'arment contre une autor-
-ité qui doit servir au bonheur de ses peuples;
ils veulent lui arracher jusqu'à l'instrument-
de ses desseins et de son amour. Mais parmi
ces conspirateurs audacieux, lequel pourra
lui disputer la victoire? Sera-ce le Comte de
Champagne, toujours prêt à prendre les armes
par inquiétude, à les quitter par inconstance,
à les reprendre par infidélité? Sera-ce le Comte
de Bretagne, aussi remuant que Thibaud,
mais plus intrépide; aussi méchant, mais
plus ferme dans ses entreprises; non moins
accoutumé au parjure, mais plus habile à

profiter de ses infractions? Sera-ce le Comte de Boulogne, assez ambitieux pour se laisser éblouir par l'éclat du diadème; mais trop faible pour consommer le crime de l'ambition? Sera-ce le Comte de la Marche, trop orgueilleux pour plier sous le joug d'un maître; assez vil pour être l'instrument d'une reine féroce dont il est l'esclave et l'époux? Sera-ce Henri le Roi singulier, sous qui l'Angleterre cessa d'avoir un monarque, et dont l'autorité captive, jusqu'à ce jour, laissa à tous les siècles un témoignage de sa honte? Insensés qu'ils sont, Ils ne voient point que le Dieu des armées va combattre pour le jeune David, et que seize années de troubles seront pour lui seize années de gloire.

N'attendez pas de moi,

Messieurs, que je suis dans le cours de ses
triomphes le vainquent d'une rebellion
souvent renaissante et toujours terrassée.
(D'autres vous le peindront ramenant ses vaisseaux
à l'obéissance par la terreur ou par le succès
de ses armes, bravant les rigueurs de l'hiver
pour soumettre des places défendues par l'art
et la nature; toujours prêt à venger la religion
du serment et passer des traités en dépit
du nombre et des obstacles; partout élevant
des monuments à la honte des rebelles. D'autres
vous le représenteront triomphant des appuis
formidables d'une ligue étrangère soutenue
de la puissance Britannique; seul contre tous
sur le pont de Taillebourg, trouvant dans
les ressources de son courage les forces d'une
armée entière; réunissant sous les murs
de Saintes les lauriers de la victoire à

d'olive à une Solide paix; enfin, assurant
par deux journées à jamais mémorables, et
la dignité de sa couronne, et le repos de son
peuple. Pour moi je me hâte d'arriver à
une époque de son règne, plus glorieuse
encore par un nouveau genre de triomphe.
Hélas il a été un tems
où la France, déchirée par une aristocratie
monstrueuse, ne voyait plus dans ses rois que
des maîtres dégradés; dans ses grands, que
des despotes; dans ses Citoyens, que des
esclaves; où la science avait fait disparaître
jusqu'au Simulacre de sa Justice. À la
vue des maux qui désolèrent notre patrie,
ne pouvons nous pas nous écrier avec le
prophète: Et toi que le Seigneur en Courroux
a plongé dans les ténèbres, à qui te compa-
rerai je, fille de Sion? Cui assimilabo te filia

Jérusalem? Près de nous il existe encore une
république de souverains, assez semblable à celle
qui jeta nos pères dans le chaos de l'anarchie,
aussi peu différentes dans leur origine, qu'elles
doivent l'être par leur progrès et par leurs
destinées! Toutes deux prirent naissance dans
les bienfaits du monarque prodigués jusqu'à
l'épuisement par les Louis le Débonnaire,
par les Charles le chauve, par les Charles
le simple. Les dons de la faiblesse furent
bientôt parmi nous le patrimoine de la force:
mais distribués à la valeur par la prudence,
les grâces des Henri, des Othon, ne devinrent
qu'insensiblement l'héritage de l'ambition.
Comme la foudre qui se nourrit des vapeurs
de la terre, peut y répandre subitement
l'épouvante, le désordre et la mort, on vit
tout à coup l'orgueil des seigneurs français

renverser la législation de Charlemagne, et
briser en mille éclats le trône qui les avait
enrichis; mais en Germanie, comme un fleuve
qui pas à pas étend son domaine, le pouvoir
des grands, plus lent et moins terrible
dans sa marche, envahit peu à peu l'autorité
impériale. En France, les arrières fiefs ne firent
qu'accroître la confusion des coutumes et le nombre
des tyrans; chez nos voisins, la dépendance immédiate
du même chef, maintint jusqu'à l'interrègne une
sorte d'harmonie dans l'empire. En France, si les
efforts d'une couronne héréditaire faisaient pencher
l'état vers la monarchie, Louis VI, par l'établissement des communes, prépara la décadence des
grands vassaux; en Allemagne, où les intérêts des
fiefs enchaînaient ceux d'une couronne élective,
les excès du désordre en furent le remède; et la
bulle d'or de Charles IV affermit la constitution

Germanique. Charmé de sa philosophie et de ses
succès, le vainqueur de Dontunes diminua le contre-
poids de sa puissance; avec l'or des Indes le trop
ambitieux Charles-Quint eut acheté des princes la
balance du pouvoir; mais, ainsi que ses successeurs,
il sentit la liberté de l'Empire en voulant l'asservir.
Enfin, l'Allemagne obéit à des lois pour se préserver
d'avoir un maître; mais il fallait un maître à la
France pour avoir des lois, et ce fut St Louis qui
les donna pour le bonheur de la nation. Qui
instituit un peuple naissant; il suffit de soutenir
sa faiblesse par la simplicité des préceptes et
par l'autorité des exemples; d'ouvrir ainsi son
cœur à l'amour de l'ordre, et de le préparer à la
félicité par la vertu. Mais quand il s'agit d'un
peuple dépravé, il faut, pour ainsi dire, plier
son âme en sens contraire; substituer la raison
au caprice, le bien au mal, la vérité à l'erreur,

la règle à l'abus; réunir et diriger vers un centre
commun les volontés particulières, jusques là désunies
par les intérêts des passions; il faut renverser
jusqu'aux fondemens de ses préjugés et de ses
mœurs; lui arracher, avec ses plus douces habitudes,
les objets qui semblent tenir le plus à son existence;
le dévouer en quelque sorte à la mort pour le rendre
à la vie; fonction sublime, réservée par la
suprême Sagesse à ces hommes supérieurs qu'elle
consacre au maintien des empires.

Cette fonction, St. Louis l'a
exercée, Messieurs; et ce qui le distingue dans la
foule des législateurs, c'est qu'il a su préparer
l'empire des lois parmi un peuple indocile et
barbare; c'est que, du haut de son trône, il a
pu foudroyer la tyrannie par l'exemple, et donner
au Conseil la force du précepte; c'est qu'il invite,
quand il ne peut contraindre (b); il conduit quand il

quand il ne peut commander; et sa législation, est
presque resserrée dans son domaine! Maîtres du monde!
que ne pouvez vous pas, quand vous gouvernez les hommes par la raison et la vertu?

Si j'étais digne, ô Hespérus, de
célébrer les travaux de St Louis législateur, je vous le
montrerais méditant le projet sublime de rendre
heureuse une nation encore plus tourmentée par
ses lois que par ses rois; de changer en citoyens
un peuple d'oppresseurs et d'opprimés, de tyrans
et d'esclaves, traçant lui même une nouvelle
jurisprudence, puisée dans les droits de la nature
et de la société, rallumant l'amour de la justice
dans le cœur des magistrats, et ramassant des
masses de lumières pour les éclairer. Je vous le
montrerais ouvrant sa première source de la
prospérité publique, en réglant l'ordre des sécuri-
tés de ces petits états dont les grands ne sont

que de remontage, faisant entre les héritiers un partage équitable pour mettre fin aux prétentions de la Propriété; gênant la vente des biens patri-moniaux, pour prévenir les dissipations de l'imprudence, et de la Débauche; imprimant aux promesses, aux contrats, aux testamens, le caractère Sacré qui doit les rendre inviolables. Vous le verriez ranimer l'Agriculture languissante en brisant les entraves du Commerce (¹); rendre les Étrangers nos tributaires, en étendant parmi nous les conquêtes de l'Industrie; rétablir le chat de l'abondance, en pourvoyant à la sûreté des chemins et des rivières; poser les fondemens de la juridiction consulaire; prévenir les fraudes sur les poids et les mesures; asseoir sur une base inébranlable le Système des monnaies, non moins Sacrées pour Vous que pour les anciens qui les fabriquaient dans des temples. Que ne vous dirais-je pas de son exactitude

à réprimer les excès du jeu ; passion insatiable
et cruelle, pour qui le seul gain est un plaisir, le
désespoir d'autrui une jouissance, la ruine une conquête ;
dont les succès sont fondés sur le hasard ou la fraude,
et qui comme un abîme, engloutit le tems, la fortune
et la vertu ? avec ne vous dirais-je pas de sa juste
sévérité contre cette classe d'hommes qui s'engraissaient
(6) des misères de la France par une usure intolérable,
monstre terrible, toujours prêt à dévorer les entrailles
du malheureux qui l'invoque, et dont tous les pas
sont marqués par les débris de ses victimes ? que
ne vous dirais-je pas de son zèle à maintenir le
bon ordre par la crainte des supplices ? est-ce donc
à des lois de sang d'établir une barrière entre nous
et nos passions ? Ici, Messieurs, je crois entendre
les murmures de votre laud. Est-ce en outrageant
l'humanité qu'on venge le mépris de ses droits ?
faut-il confondre par le même châtiment et le

…il scélérat et l'homme faible? faut-il abandonner
l'innocence à sa timidité, ou la contraindre par la
douleur à se calomnier elle-même? faut-il ensevelir
dans l'ombre du mystère les preuves qui éclairent
la justice? Sous le siècle de Louis, toutes ces
taches ne souillaient pas encore le code criminel
de la nation. Ne dissimulons pas néanmoins,
que des peines trop sévères défiguraient celui
du saint législateur, trop grand pour ne pas
avouer l'imperfection de son ouvrage, il adoucit
les unes, il supprima les autres: mais sa bonté
l'arma d'une rigueur inflexible contre les assassins, les incendiaires, les brigands. Sous son règne,
le meurtrier surpris n'acheta plus le droit affreux
d'immoler le citoyen paisible. Il fit plus: il
eut la gloire si rare d'étouffer le crime dans
son berceau, en mettant les lois sous la garde
des mœurs sous l'empire d'une religion sainte

gloire, en commandant au désir même, a creusé jusques
dans nos cœurs les fondemens de la tranquillité
publique.

Mais quelle main puissante
effacera ce code barbare dont la loi consiste à vaincre,
et qui érige pour ainsi dire, le plaideur en premier
magistrat? Jours d'horreur et d'aveuglement, où
la justice prononce ses oracles dans une arène sanglante! transformant en athlètes, ceux qui la viennent
implorer, toujours elle fait pencher sa balance du
côté de la victoire. Ose-t-on se plaindre de la
calomnie? le calomniateur se justifie en égorgeant
celui qu'il a diffamé: est-on convaincu de poison
ou de meurtre? bientôt le coupable cesse de l'être
par un nouvel assassinat = déclame-t-on un
bien usurpé? l'usurpateur trouve un titre écrit
dans le flanc de sa victime. Est-t-on condamné
à un jugement équitable? les juges et les témoins

payent de leur vie. l'honneur de défendre le bon
droit et l'innocence. En vain la superstition consacre-
-t-elle le tribunal exécrable, où l'on fait parler par
une bouche de sang, le Dieu de bonté, le Dieu de
justice; la religion éclairée. St Louis la renverse
dans ses Domaines: Elle en prépare la chute parmi
ses vassaux. Mais, hélas! que nous sert la Sagesse
de St Louis, si le monstre, abattu par la loi, se
relève par l'opinion; si arbitre de l'intérêt dans
des tems de ténèbres, il reste juge à la honneur
au siècle des lumières? O Français! la vengeance
est le besoin de la faiblesse; le vrai courage ne
consiste point à se souiller d'un homicide, mais
à défendre la patrie, la vérité, la vertu.

  Un désordre plus affreux encore
déchire le cœur paternel de St Louis. Religion
Sainte; droits sacrés de l'homme, jusqu'à quel
point ne sont-ils pas méconnus! C'est donc

en vain quel Dieu lui même nous ennoblit par
les traits de son auguste ressemblance : C'est donc
en vain que la voix de la liberté retentit jusqu'au
fond de nos âmes. Toi qui éclairas le premier ~
Tyran, Toi à jamais déplorable; que ne puis-je
effacer jusqu'à la trace des malheurs que tu as vu
naître! que ne puis-je faire oublier pour toujours
les paroles que le premier oppresseur a fait ~
entendre à son esclave-! Frère, lui a-t-il dit,
voilà des fers pour toi, pour ta postérité, courbe-
ta tête sous le joug que j'impose à sa faiblesse.
Je sais qu'un guide intérieur te dirige; mais
je te défends de penser et de sentir. J'aimais
la noblesse de ton origine; mais au nom de
l'orgueil, je te dégrade... Je n'ignore pas que tu es
libre par essence; mais, au nom de sa force, je
t'asservis. Si je te permets d'avoir une compagne,
elle partagera ton infortune et tes fers. Si le

tiés. Présenté des rejatons, héritiers de la servitude,
ils seront ma proie. Si un téméraire ose ap-
procher de ces lieux pour te donner un égal, je
l'enchaîne au sol où tu respires. Vas, arrose
cette terre de tes sueurs; mon mépris sera la
récompense de tes travaux: fais moi vivre au
sein de la volupté; je te ferai mourir au sein
de la peine et de l'avilissement; et lorsque ton
corps épuisé, descendra vive dans la poussière,
on m'apportera ta main sanglante, pour qu'elle
serve de trophée à ma puissance. (?)

    Mais que viens-je de dire?
peut armer le triomphe décerné à notre Auguste
Souverain, n'aurais-je pas franchi les bornes de
la vérité? par quel incroyable renversement de
principes la dignité de l'homme ont elle
essuyé de tels outrages? Le voici, Messieurs:
(Dans ces temps où se pose des barbares régis-

=sait-nos ayeux, le plus faible devenait le bien
du plus fort, et le vaincu dans les fers, l'esclave
du vainqueur. (Dans ces tems moins reculés où le
droit féodal avait transformé la France en
champs de bataille et les chateaux en forteresses,
il fallait aider les seigneurs à massacrer leurs
voisins, sous peine de subir la plus horrible
domination. Dans cet âge de calamité, où
l'habitant des campagnes avait perdu jusqu'
au sentiment de son excellence, il devait lui
même se dévouer à la servitude pour échapper au
glaive. Alors la noblesse, le fer à la main, ne cessait
d'étendre des pièges à ces innocentes victimes, pour
les subjuguer par la terreur ou par la misère. Te
dirai-je, Messieurs? On a vu des malheureux
se charger de chaines jusques dans le sanctuaire,
et affliger, par leurs hommages mêmes, une
religion de charité qui, suivant l'apôtre,

fait de nous tous un seul corps en Jesus Christ
et les membres les uns des autres. Ministres
des autels, hâtez vous de purifier vos mains par
le sacrifice volontaire d'une affreuse propriété
qui les souille encore; ne souffrez pas qu'on
impute à la céleste bienfaitrice des hommes,
l'oubli d'une précieuse égalité qu'Elle consacre.
Et vous tous, qui conservez jusqu'ici une préroga-
tive inhumaine; songez que, résistant à l'exemple
du meilleur des monarques, vous deviendriez les
complices de vos ancêtres; songez que son
autorité bienfaisante pouvant affranchir vos
domaines, sa seule bonté en laisse le pouvoir
à votre justice; songez que la patrie qui vous
décore, a sur vous les yeux ouverts, et que, si
vous osez retenir des esclaves, elle pourra vous
juger dignes de l'être.

Depuis long tems, Messieurs,

l'humanité n'aurait plus à gémir de ce —
déplorable avilissement, si la Sagesse n'eut pres-
=crit des bornes aux desseins de Louis: plaignons
son impuissance, et admirons ses efforts. Ne
pouvant délivrer tous ses sujets d'un joug
odieux, il en adoucit la rigueur. Désormais les
tribunaux fixeront l'état du citoyen, qui, par
la doute seul, deviendra libre. Le fils suivra la
condition de sa mère et la liberté prescrira
contre la servitude. Alors que pouvait-il faire
de plus que de préparer une révolution? Modérant
l'ardeur de son zèle, il évite avec soin les périls
d'une entreprise précipitée —. Semblable à un
général qui, n'osant combattre une armée
trop nombreuse, lui enlève des convois, la
gêne, l'affaiblit, et, par des marches savantes,
s'achemine à la victoire. St Louis se gardera
bien d'attaquer de front tous les vieux abus

les abus du Gouvernement Français; feignant
même de respecter les intérêts des grands, il
dérobe à ses contemporains la marche de son
siècle, il s'avance dans la postérité, il commande
à l'avenir; et, lors même qu'il n'est plus, il
règne encore.

Oui Messieurs, nous
devons toute notre législation à celle de
Louis IX. Eh! quel autre que lui a déplacé
dans les mains de nos monarques les droits
épars du sceptre avili, pour en former la puis-
=sance publique? Si parmi nous il se trouvait
quelqu'un qui doutât de la profondeur des vues
de St Louis, voyez lui dirions-nous, par quel
ressort simple et puissant il renverse les
tribunaux souverains de ses plus redoutables
d'assauts: reconnaissez dans l'établissement
des appels, de degré en degré jusqu'au trône,

de Sens le plus capable de réunir dans un pouvoir
commun tous les membres d'un vaste empire! tu voudrois
dernarse. quel art il courbe les Seigneurs sous le
joug de ses règlemens, par l'abandon des amendes,
et comment il enchaîne la tyrannie par l'avarice!
contemplez les Baillis qui, comme autant de
tribuns (9) de la souveraineté renaissante, franchissent
les limites du domaine pour répandre dans les
provinces l'esprit de subordination et d'harmonie!
pour étendre les cas royaux, et ramener à l'unité
tous les petits états domestiques érigés par la
barbarie féodale: admirez la sagesse du père dans
les droits exercés par le fils sur les tribunaux
d'Édouard, son vassal et presque sujet: l'ouvrage
de l'élèvent dans les corps institués par Philippe
le Bel, pour être les ministres, les lumières et
les soutiens de l'autorité: je pourrois dire enfin,
admirez la grandeur de Saint Roi dans sa

puissance de la monarchie. C'est lui qui, en rétablis-
sant la dignité de la couronne, assurera pour ses
successeurs le recouvrement des grands domaines
et le droit de parler en maîtres; c'est lui qui, sous
Charles VII, prince plutôt couronné par la fortune
que par la gloire, tentera du moins de réunir par
les lois, des états regagnés par les armes; c'est lui
qui, sous un règne de sang, dictera les
préceptes de la raison à un peuple en délire,
par l'organe de L'Hôpital, digne de servir de
modèle à tous les chefs de la justice; c'est lui
qui, en préparant l'ordre et la procédure de nos
tribunaux, placera parmi les rois citoyens un
monarque dont le règne, égale à celui d'Auguste,
doit marquer à la postérité les bornes de sa grandeur
et de son génie; c'est lui qui enrichira le Code
français d'ordonnances immortelles par le
Ministère de d'Aguesseau, de ce sage qui,

avec plus de confiance dans ses forces, eut occupé
un des premiers rangs parmi les bienfaiteurs
de la nation; en un mot, c'est sur les traces
de St Louis que s'est traînée à pas lents la
législation française. Monument sans ensemble,
où les beautés sont obscurcies par les défauts,
et qui, pour avoir besoin encore d'un Lycurgue
courageux, n'en rend pas moins immortel le
prince dont la main habile a retiré le sceptre
des ruines de l'anarchie.

    Vous avez vu, Messieurs, le
Saint roi se ressaisir du pouvoir avec une
supériorité digne d'admiration; pour mettre
le sceau à son ouvrage et à sa grandeur,
il lui reste encore à démêler des droits confondus,
et à défendre son trône contre une main
sacrée. Ah! me faudra-t-il donc toujours
rappeler les malheurs de notre patrie?

Tandis que les entreprises réciproques des deux puissances ébranlent l'Allemagne jusques dans ses fondemens; parmi nous les anciennes règles de l'Église reposent avec l'autorité royale dans un même tombeau; tandis que nos barbares chevaliers ne savent que tyranniser et combattre, la justice épouvantée par le bruit des armes, se réfugie aux pieds des autels, et les ministres de la religion devienment les ministres de la loi: heureux si des circonstances déplorables n'en font endormir tant zèle pour éveiller leur ambition! Non contents de garder en dépot le sceptre de la justice, ils s'arment d'anathèmes pour se défendre ou s'agrandir. De les voir frapper d'interdit des provinces entières, où croirait que la piété est complice de leurs prétentions. Plus d'une fois sans autels, sans temples,

captifs dans tout pays comme les juifs à Babylone,
les fidèles peuvent s'écrier dans l'amertume de
leur âme : qu'a-t-on à tant abimé l'antérieur domine ?
Parmi de si grands désordres s'élève une puissance
formidable : le génie de Grégoire VII en jette les
fondemens sur l'ignorance de son siècle. À peine
le fantôme de grandeur temporelle sort-il du
sanctuaire, et déjà il se réalise; à la faveur des
ténèbres, il s'avance, il entère, il distribue les
couronnes; chef des armées, des tribunaux, arbitre
des princes, des pontifes, des peuples, le Succes-
seur de St Pierre se place au-dessus des Césars, et
Rome étonnée est pour la seconde fois la
maitresse du monde (10) !

    À travers les nuages de son
siècle, St Louis apperçoit les limites de l'empire
et du sacerdoce, et il se hâte de les rétablir.
Comme Théodose, il revère les premiers pasteurs;

Comme ici, il résiste à leurs passions. S'agit
il de réprimer les entreprises des tribunaux
ecclésiastiques? Il porte un regard de justice
sur des droits jusques là confondus, et, d'une
main vigoureuse, il trace la ligne qui doit
séparer les deux puissances. Esclave de la
Thiare, e Maurice archevêque de Rouen, le
tiens-t-il pour juge? Le Monarque soumet
le pontife; et par la saisie de son temporel, il
le contraint de lever un interdit trop légère-
ment prononcé. L'impétueux Grégoire IX
lui propose-t-il de déférer à Robert l'empire
de Frédéric? Louis rejette fièrement une
couronne qu'il ne pourrait accepter sans
méconnaître l'indépendance de la sienne.
Les exacteurs de Rome viennent-ils pour
recueillir les dépouilles du clergé français?
Il frustre leur avidité par des ordres sévères,

et bientôt une loi sage vient au secours des
évêques opprimés par leur chef, l'Église de France,
enfin, Louis brise vos fers pour vous rendre vos
antiques libertés; races futures, il dépose dans
votre sein le fruit de son courage et de ses
lumières: illustre Bossuet (11), St Louis du haut
des cieux vous dicte les quatre maximes immortelles
qu'il a retirées de la vie des siècles pour affermir
le trône de ses augustes rejetons, et qui, ne
laissant au Saint-Siège que des droits ~
véritables, sont, tout à la fois, et le gage
de notre respectueuse obéissance, et le rempart
de nos libertés.

Ainsi le pieux Monarque
éclairait ses contemporains et la postérité.
Ah! dans quel tems, Messieurs? c'était
dans un siècle où le père de Henri, Jean
Sans Terre, chargé de la haine de ses sujets

et en mépris de Rome, avait cru racheter
ses crimes en se reconnaissant vassal du
sacerdoce; c'était dans un siècle où les
foudres du Vatican avaient presque renversé
le trône d'un prince, qui caressait Rome
d'une main et la trahissait de l'autre;
de l'empereur Frédéric, héritier du nom,
du courage, des projets, des malheurs et des
vices de son aïeul; qui opposant des brigan-
dages et des professions de foi aux anathèmes,
ne pouvait qu'affermir les prétentions ambi-
tieuses des souverains pontifes: c'était dans
un temps où nos pères, toujours armés,
promettaient à la barbarie de nouvelles
conquêtes, où l'ignorance, révérée sous le
nom d'une institution fameuse, repoussait
la raison et les lumières. Osons braver, Messieurs,
le préjugé vulgaire qui consacre à l'admiration

publiques les héros de l'ancienne chevalerie. Les hommes célèbres par le délire d'une vaillance romanesque, et qui, au lieu d'être le supplément de la police et des lois, ne faisaient qu'accroître le désordre et la licence. Que l'objet de leur établissement était respectable! mais que leurs effets étaient répréhensibles! Trop souvent, au lieu de protéger le faible, ils l'opprimaient; de défendre le sanctuaire, ils le saccageaient; de servir la société, ils la troublaient. Comme les Germains qui couvraient de sang le berceau de notre empire, les chevaliers, sortis de l'anarchie féodale, remplirent la France de meurtres et de carnages. On ne veut voir le règne de l'honneur dans leurs fastes ennoblis par quelques noms immortels: mais on oublie que leur école fut presque toujours celle de la violence et de la débauche: on prit leur grossièreté pour de la franchise, leur cruelle témérité pour de la fureurs, leurs vices brillans pour de la vertu, et les temps, que les enthousiastes des mœurs antiques, se représentent comme l'âge d'or, ne sont, aux yeux du philosophe chrétien, que des siècles de fer. Heureuse la France d'avoir vu disparaître ces enfans de la nuit, aux approches du flambeau des lettres !

Bien différent de ces héros fatigants, St Louis connut seul le prix du savoir. Rappelez-vous, Messieurs, avec quel soin il rassembla les ouvrages échappés à la barbarie. Non content d'ouvrir à ses sujets une source d'instruction, il voulut lui même devenir leur maître. Ce n'est plus un héros couvert de lauriers, le législateur d'un vaste empire, c'est un roi qui se dérobe à l'éclat du trône, pour s'ensevelir dans la poussière d'une bibliothèque. Il a régné par les armes

et par les lois, il veut régner par l'enseignement.
Disciples du Saint monarque, quelle était votre
admiration, lorsqu'on vous entretenait de la beauté
des livres saints, de la sublimité des prophéties,
de la sagesse de Salomon, de la simplicité
majestueuse et touchante des discours de l'homme-
Dieu! Quelle était votre foi, lorsque vous le
voyiez suivre d'âge en âge le développement de
la doctrine chrétienne dans les écrits des pères
de l'Église, lorsqu'il mettait sous vos yeux cette
troupe vénérable et imposante d'athlètes sacrés qui
ont combattu pour la vérité par le génie! Hélas
combien de larmes il s'est arrosé ces monuments
immortels, qui ne rendaient que plus sensible le
sommeil de l'esprit humain! Obscurcie par le
langage de quelques sophistes, la religion lui
criait sans cesse qu'elle avait perdu dans les
ténèbres ses illustres défenseurs: abstulit omnes

magnificas meas (Dominus); toute en pleurs elle
lui recommandoit des Ambroise des Chrysostôme.
Dans des tems plus propices, St Louis les eût
fait renaître des cendres de Rome et d'Athènes.
Il savoit qu'un empereur voulut interdire aux
chrétiens les lettres profanes pour bannir d'entre
eux les lettres saintes; il savoit que la superstition et le despotisme ont toujours été filles
de l'ignorance, et que les préjugés d'une raison
inculte étouffent avec les bonnes mœurs la
prospérité des empires.

St Louis, Messieurs, se
félicita sans conte d'avoir vu éclore les talens
des Thomas d'Aquin, des Bonaventure; ~
personnages non moins célèbres par leurs
vertus que par leurs écrits; d'avoir aidé de
ses bienfaits et de son pouvoir le pieux
Sorbon, fondateur d'une illustre Société, dont

Je vois plusieurs membres assis parmi vous,
et qui honore[nt] Vos restaurateurs dans un
ministre ~~...~~ ... et par la robe;
mais l'établissement d'une Société littéraire, qui
a produit les Bossuet et les Fénélon, en a
comblé les rangs de St Louis; par cela seul
bien au-dessus d'un siècle qui en produit les
Moncrif et les Voncy. Le bien qu'il avait fait
le consola de l'impuissance où il fut obligé
ajouter sous les desseins de son génie. La France
tranquille, régénérée par une législation qui
lui promettait les plus beaux jours, tel est
l'ouvrage de ce grand prince, si supérieur à
son siècle par ses lumières. Considéré dans
ses rapports avec lui-même, il va nous offrir
le rare et presqu'incroyable assemblage de
ses vertus.

Seconde Partie.

Quelle est donc la destinée de l'homme! né pour être heureux par la sagesse, pourquoi faut il qu'il trouve des obstacles à la vertu dans la vertu même? Pourquoi l'indulgence semble-t-elle incompatible avec la fermeté, la modération avec l'héroïsme, l'amour de la patrie avec l'amour des autres peuples, la politique avec la justice, la science du trône avec la science du pied? pourquoi faut-il que la route en bien conduise aux excès du mal, et que tous nos pas vers la grandeur, soient, pour ainsi dire, des traces de notre faiblesse?

St Louis, Messieurs, marque

sa gloire d'un caractère inconnu jusqu'à lui
Un mélange de bonnes qualités presque contraires,
forma en lui une sorte de contraste, qui le distingua
dans la foule des rois; et, comme si Dieu s'était
plû à verser sur lui tous les dons pour en faire
l'étonnement et l'admiration du monde, il
allia la bonté la plus touchante avec la
justice la plus exacte, l'amour de la paix avec
un enthousiasme guerrier, l'humilité la plus
profonde avec la majesté la plus imposante;
toutes les vertus chrétiennes avec toutes les
qualités royales. Se montrant sous des formes
diverses selon les lieux et les temps, on eut dit
qu'il changeait d'âme avec les circonstances.
Toujours différent de lui même, mais toujours
vertueux, on admira en lui, pour la première fois,
un grand homme peut être sans enfants.

N'en doutons point, Messieurs,

Le caractère sublime, qui paraît être le dernier
terme de sa grandeur, fut l'ouvrage de la Religion.
À ce nom sacré je m'arrête: objet de persécution
et de respect, de mépris et d'hommages; toujours
victorieuse toujours calomniée et toujours triomphante;
rayon de l'intelligence suprême, source de lumière
et de félicité, n'est elle pas pour nous le plus
grand de tous les bienfaits? Je la vois, outragée
dans son berceau, devenir la ressource et l'asyle
de ses détracteurs; arracher des victimes humaines
au couteau de l'idolâtrie; porter au milieu de
l'Afrique les moeurs de l'Europe et ses lois;
mettre un frein aux fureurs de la guerre; redresser
les voies tortueuses de la politique. En l'étudiant
dans l'Évangile, j'appris que le fils de
l'homme n'est point venu pour donner la
mort, mais pour sauver les âmes. Je dis
anathème aux ambitions qui ont couvert

leurs crimes de son manteau sacré! Anathème
à ceux qui représentent, sous les traits d'un fana-
-tisme cruel, la loi de la douceur et de la bonté.
En la contemplant assise sur les trônes: Non,
me dis je, elle n'est point le fléau des empires,
puisqu'elle ne laisse aux princes que le pouvoir
de la justice et de la charité; puisqu'elle prévient,
par l'amour fraternel, les fers accablants du
despotisme. Non, je ne puis croire qu'elle soit
l'ennemi des hommes, quand je considère qu'elle
seule a formé le rare assemblage de toutes les
vertus, qui furent dans notre saint-monarque
les sources de la prospérité publique.
        Si comme le dit le Sage,
la miséricorde et la vérité sont les plus fermes
appuis des rois, quelle puissance eut ébranlé
le trône de St Louis! quel prince réunit jamais
tant de bonté à tant de justice! il ne fut

parmi du nombre des superbes potentats, qui,
concentrés dans eux-mêmes, dédaignent les cœurs
de leurs sujets, ou qui, trompés par leur orgueil,
regardent le bien précieux comme l'apanage du
rang suprême. J'en atteste ceux qu'il arracha
des bras de la mort, dans ces tems où la famine
et la contagion menaçaient de changer la France
en un vaste tombeau. Ne l'a-t-on pas vu,
comme un autre Joseph, réparer par les trésors
de sa prévoyance les malheurs de la stérilité?
Aussi pénitent, mais plus pur que David, ne
l'a-t-on pas entendu appeler sur sa tête
innocente tous les fléaux de la colère du ciel?
Vertatur, obsecro, manus tua in me. J'en
atteste les respectables cultivateurs, qu'attiédissait
le plus injuste des préjugés; n'honora-t-il
pas en eux le plus utile de tous les arts, et
les mœurs de nos premiers ancêtres? Ne les

mit-il pas au nombre de ses enfans, lorsque,
pour en connaître les besoins, il fit inscrire
leurs noms dans un catalogue digne d'être
conservé comme les archives de sa tendresse!
Je vous atteste, provinces fortunées qu'il a
parcourues, non avec la pompe éblouissante d'un
grand monarque, mais dans le simple appareil
d'un père qui visite une famille nombreuse
et chérie; non au milieu d'une troupe de
satellites qui commandent le respect par la crainte,
mais se mêlant avec confiance parmi ses sujets,
sous la seule garde de l'amour public. Je vous
atteste, victimes de l'infortune, ô vous qu'il
recueillit dans son palais, qu'il servit lui-même;
dites nous si jamais vous eûtes un consolateur
plus éloquent, un ami plus tendre, un serviteur
plus zélé! dites nous si jamais la sainte
image de la charité se montra sous des traits

plus touchants! dites-nous..... mais pourquoi
interroger des témoins qui ne sont plus tandis
qu'au sein de la capitale trois cents voix
célèbrent sans cesse les bienfaits du saint
monarque, dans un asile (12) qui, sans nos soins,
vient de reprendre une existence nouvelle? *
Tandis que, dans plusieurs autres préparés par
des soins, son nom mille fois répété se confond
avec le dernier soupir du malheureux? Ah! que
ferait-il ce bon roi, si, rappelé à la vie, il
voyait que, dans un trop grand nombre de sem-
=blables hospices, la barbarie exerce la miséricorde;
que les secours augmentent les besoins? Il
ne balancerait pas, Messieurs, comme le
médecin qui combat un ulcère dans son prin-
=cipe, il sonderait les plaies de l'état, pour en
supprimer les causes. Renversant peut-être
par les mains de la charité les ouvrages de la

* Les quinze-vingts.

charité, il en emploierait les débris à prévenir
la misère; assignant à chaque lieu des moyens
de subsistance, il retiendrait dans leurs foyers les
habitants des campagnes pour étendre et doubler
nos richesses: il rétablirait, entre les provinces
et les capitales, l'équilibre rompu par un luxe
destructeur, qui, en nourrissant quelques hommes
dans les grandes cités, prépare au loin toutes
les horreurs de l'indigence. Enfin, après avoir
eu la gloire d'ouvrir des asiles à l'humanité
souffrante, il jouirait de la gloire, plus flatteuse
encore, de les rendre superflus. (13)

Ce n'est pas assez pour le
cœur de St Louis de répandre à chaque instant
des bienfaits sur son peuple, d'assurer des
ressources aux malheurs même des générations
qui ne sont point encore... Eh! louerais-je
toute sa bonté, si je ne vous parlais de son

clémence? que d'autres, ou se présentent richerant
par sa générosité l'ouvrage de la victoire, étaignant
dans l'âme des factions jusqu'à la dernière étincelle
du feu de la discorde, oubliant les noirs attentats
de la Comtesse de la Marche, qui avait employé
contre lui le fer et le poison; de cette nouvelle
Frédégonde, digne des siècles si le crime avait un
trône. Un seul trait me suffira pour vous
peindre la clémence du St à Roi. Après les
journées de Taillebourg et de Saintes, les
Courtisans du vainqueur insultent par raillerie
à la défaite du monarque vaincu: Mettez fin
à vos outrages, leur dit le héros chrétien; voulez
vous donc fournir au roi, mon frère, le prétexte
de me haïr? Expression sublime d'un fidèle
disciple de Jésus Christ; qui, formé à l'école d'un
bien dans l'art de se vaincre, efface la gloire des
plus illustres Conquérans: Melior est qui dominatur

amimos suos, expugnatores verbium.

Vous craignez peut-être, Messieurs,
que la clémence de S.t Louis ne nuise à sa justice, et
que dans son ame la douleur de punir ne s'élève
toujours au plaisir de pardonner. Malheureux les
peuples gouvernés par des princes faibles qu'on
ne saurait ni respecter ni haïr, et qui, sans courage
pour le maintien du bon ordre, laissent flotter
mollement les rênes de leur empire ! Rassurez
vous, Messieurs; esclave de la loi, S.t Louis n'épar=
gnera pas même les coupables illustres; il y recon=
naîtra sa propre famille les rigueurs de la sévérité.
De tous tems il exista des hommes dont les
inclinations féroces doivent être regardées comme
des écarts de nature. Tel fut Enguerrand, comte
de Coucy, héritier des vices de son père; de le
fantôme de roi qui, dans ses jours d'ivresse,
osa essayer la couronne de son maître. Comme

Sensibles, vous allez être saisies d'horreur. Trois
jeunes flamands cherchant à se délasser des fatigues
de l'étude dans les forêts d'un monastère, armés
d'arcs et de flèches, ils s'avancent, sans le savoir,
jusques sur les domaines de Poncy, trop jaloux
d'un droit qui fait encore des tyrans. Surpris
par des gardes, ils sont dénoncés à ce despote
cruel qui, sans les entendre, les juge et les livre
à la mort. À cette nouvelle, quel trait déchire
les entrailles de Louis? Aussitôt il assemble
ses Barons; et d'une voix qu'anime une sainte
fureur, il plaide lui-même la cause de l'humanité.
Oui, leur dit-il, le sang de mes pères coule dans
les veines de Poncy; mais, ainsi que la vertu,
le crime confond tous les rangs: vous voulez
qu'il se justifie par la voie des armes; mais à
mes yeux le meurtre n'absout point du meurtre.
Vous implorez ma miséricorde; mais je ne suis

que le ministre et le premier sujet de la justice.
À ces mots, Messieurs, représentez vous ses protecteurs
et le coupable saisis d'effroi, précipités comme par
un coup de foudre aux pieds du monarque en courroux.
Cédera-t-il à leurs prières, à leurs gémissemens?
Non, Messieurs. Retenu, il est vrai, par le défaut
d'une conviction légale (alors il n'avait substitué le
témoignage au duel), il ne prononcera point un
arrêt de mort, mais il prononcera un arrêt d'opprobre.
Dépouillé de ses honneurs et d'une partie de ses biens,
Enguerrand n'échappera au supplice du glaive
que pour traîner dans l'infamie des jours
languissans; et la vie qu'on lui laisse ne sera
pour lui qu'un tourment de plus. Ainsi, la
France rassurée se croit à couvert des attentats
de la tyrannie; et, dans les cantiques de sa renais-
sance, elle proclame Louis son libérateur.

Disons le, Messieurs, à la

gloire de St Louis: pour être équitable, il ne se
combat lui même que lorsqu'il faut punir; dans
toute autre circonstance, sa justice reprend les dehors
de sa bonté. L'implore-t-on comme ministre
de la loi? dans son palais, sous un chêne, sur
une place publique, partout on l'approche
avec confiance; et lors même qu'il condamne,
on s'en félicite comme d'un succès. Lève-t-il
quelques impositions? il les mesure sur les vrais
besoins de l'état; et, quoique prescrites par la
nécessité, il les reçoit comme des présens. Veut-
il connaître la situation de son peuple? il
ne dit pas: allez et voyez; quand il peut, il
va et voit lui même; il rassemble tous les
yeux de son empire dans la sphère de son
activité; ne se bornant pas à être le roi des
riches, il ouvre toutes les barrières qui sont
entre lui et les gémissemens du pauvre. Une

foule de ministres se répand dans les provinces
pour accomplir les volontés du saint Monarque.
Ce ne sont ni des exacteurs impitoyables, qui
viennent au nom du prince dévorer la veuve et
l'orphelin; ni des brigands, soudoyés pour ravir
aux malheureux le dernier soutien d'une mourante
vie; ni des hommes de sang, destinés à remplir
un ministère de vengeance. Ne le craignez pas,
peuple Français; ce sont les envoyés de St Louis:
par eux, il vous donne des ordres; mais quels ordres!
pour obéir il vous suffira de lui dénoncer vos —
oppresseurs: par eux, il érige des tribunaux; mais
quels tribunaux! c'est là qu'il veut être cité
lui même, s'il vous a causé du dommage.
Aurait-il donc envahi quelque domaine? Non
sans doute; mais les dépositaires de sa puissance,
mais ses ancêtres n'auraient-ils rien usurpé?
Peu content d'avoir des mains pures et sans

tâche, il fouille jusque sous la tombe de ses pères pour la purifier. Réparateur de leurs torts, il soumet à l'examen des règnes qui ne sont plus, pour en effacer jusqu'aux vestiges de l'usurpation. Tel que le roi des rois, dont il est la vivante image, il embrasse tous les lieux et tous les temps dans les desseins de sa justice. Leçon immortelle des Souverains, Soyez gravée à jamais Sur tous les trônes!

Tel fut St Louis, Messieurs, L'heureux si rare de la souveraine bonté avec la souveraine justice: mais un contraste plus frappant encore va s'offrir à vos regards. Plus digne que son père d'être surnommé le Prince pacifique, il* aimait la guerre. Si je ne vous disais: il a existé un monarque qui, contraint de prendre les armes pour la défense de sa couronne, a pleuré ses triomphes; qui, mesurant sa

* aimait la paix, j'ajouterais presque il

gloire sur le bonheur de ses peuples, a dédaigné
l'ambition des conquérans; qui, loin d'abuser du
pouvoir de s'agrandir, a voulu, comme Adrien,
rapprocher les limites de son empire: Si je
vous disais: il s'est rencontré en Europe un
monarque qui, au sein d'un peuple chéri, s'est
élancé avec l'audace de l'aigle jusqu'au delà
des mers; qui, sourd aux gémissemens d'une
nation délaissée, a effrayé l'Asie par l'appareil
de sa puissance; qui, prenant des forces dans ses
désastres mêmes, a succombé par de nouveaux
efforts, sous la ruine de ses projets: à des traits
Si différens, reconnaîtriez vous le même prince?
C'est néanmoins sous les rapports si contraires
en apparence, que St Louis se présente aux hom-
-mages de la postérité.

  Vous ne l'ignorez point Messieurs,
que n'a-t-il pas fait pour éloigner de son peuple

les querelles terribles qui n'ont que la force pour
juge? Chimère des belles âmes, union, concorde
universelle; vous fûtes l'objet des vœux de Louis.
lorsque sa main bienfaisante désarmait une noblesse toujours prête à s'illustrer par le carnage;
lorsqu'il ensevelit le Pastoraleau béni le jour où
le sang des hommes avait cessé de teindre les
campagnes; lorsqu'après avoir dépouillé les Seigneurs
d'un droit de guerre, il voyait renaître la sûreté et
l'abondance; Son âme Sublime regrettait sans
doute de ne pouvoir guérir les nations de sa
fureur de s'égorger. Étrange et inconcevable
frénésie des hommes! à les voir se combattre
et se détruire sans cesse, toujours le fer à la
main moissonner les générations, qui ne les
croirait soudoyés par la mort pour étendre
ses conquêtes? L'amour de la patrie est-il

donc la haine des autres peuples? pour maintenir
les droits de la société, doit-on outrager la nature?
et jusqu'à quand pour être citoyen, faudra-t-il cesser
d'être homme? Conduit par les maximes de la
religion et de l'humanité, St. Louis, dans les trans-
ports de son zèle pour la paix, s'écrie avec Ézéchias:
fiat tantum pax et veritas in diebus meis! Tantôt
pour affermir la tranquillité publique, il empêche
ses vassaux de contracter des alliances avec les ennemis du nom français; tantôt, pour arrêter le
belliqueux roi d'Aragon prêt à fondre sur ses
provinces, lui cède ses droits sur les Comtés de
Barcelonne et du Roussillon, assurant, par le
même traité, de grands avantages à ses successeurs,
une princesse vertueuse à l'héritier de son trône
(4), et la paix à la France: tantôt il abandonne
au monarque Anglais des domaines honorifiques
dans cinq provinces, pour faire, suivant l'expression

de son cœur, la conquête de la paix ; tantôt il
s'efforce de rapprocher ses ennemis divisés ; bien
différens ce peuple des Rois, qui font servir les
troubles de leurs voisins aux intérêts de leur
politique, en cela, semblable aux Brigands qui
cherchent l'or dans les ruines.

Quoi donc, Messieurs, est-ce
là la même monarque qui, dans les guerres
Saintes, a rempli l'univers de ses exploits ?
Censeur ou apologiste de ces expéditions
fameuses, irai-je me briser contre un écueil
où m'attend peut-être la malignité ? placé
entre un fanatisme qui approuve tout et un
fanatisme qui n'approuve rien, irai-je me
livrer aux illusions de l'une ou de l'autre ?
non, Messieurs ; quand je verrais l'Europe lutter
contre l'Asie pour la défense des opprimés, mon
cœur vole au milieu des combats pour partager

les triomphes des enfans de Mathathias; mais,
quand je suis les armées de pélerins à la trace
de leurs crimes: fuyons un cortège, en reculant d'effroi;
ce sont des Macchabéistes déguisés sous le masque
d'Israël. Respectons néanmoins le motif généreux
qui devait les animer, et qui anima Jonas.
Détracteurs du Saint-Roi, c'est en vain que vous
essayez d'obscurcir sa gloire: remontez jusqu'à les
tems où un solitaire enthousiaste, formé pour
son siècle, peignait avec tant d'énergie la
désolation de nos frères, courbés sous le joug,
comme les animaux les plus vils, pour tracer
de pénibles sillons, en proie à tous les outrages d'une servitude accablante; souvent placés
entre l'apostasie et la mort: soumisses vous
dans la capitale de l'Auvergne aux auditeurs
d'un souverain-pontife, qui, par des traits
non moins pathétiques d'une éloquence plus

Sage, cherchait à détourner contre les tyrans de
la Palestine l'ardeur de nos guerriers ; qui déplorait
avec tant d'amertume la profanation des lieux saints,
les calamités de l'empire d'Alexis, démembré
depuis Héraclius par les triomphateurs de
l'Afrique, de l'Espagne, de l'Italie, bientôt
maîtres de l'univers : alors qu'eussiez vous fait ?
répondez ; Sicut patres vestri, ita et vos. Transportez
vous ensuite dans les champs de Vezelay, où,
si habile à dominer les esprits, l'abbé de Clairvaux
embrasait tous les courages ; où les signes de la
milice sacrée ne suffisant plus à la multitude,
il déchira ses propres habits pour en faire des
Croix : alors, seuls contre tous, vous eussiez résisté
sans doute ? ah ! disons plutôt : Sicut patres
vestri, ita et vos. Revenus au règne de St Louis,
représentez vous les nouveaux Souverains, dépouillés
par les Sultans d'Egypte et de Syrie, les chrétiens

gémissans sous les ruines de leurs conquêtes et sur
leurs sépultures de Sion, un foule de captifs soulevant
avec effort des bras chargés de chaînes pour appeler
un libérateur: témoins d'un tel spectacle, qu'auriez
vous fait? Sicut pater dextre, ita et vos.

Vous blâmez le zèle de St Louis,
mais, de nos jours, n'avez vous pas applaudi à des
entreprises contre les pirates de l'Afrique qui voudraient rendre toutes les nations tributaires de
leur avidité? ou, ce qui vous touchera peut être
plus encore, ne croyez pas que la justice ait
pu s'armer contre un peuple qui, insultant
à tous les pavillons, trouble dans les deux
Indes, et jusques dans nos ports, le commerce
des autres puissances? et vous, changeant de poids
et de mesures au gré de vos caprices, vous réser-
vez le droit des gens pour des usurpateurs
barbares qui, tous couverts du sang de vos

frères, en les soumettant à l'erreur par la crainte, préparaient des fers au monde. Soyez d'accord avec vous même, et je réponds : *Sicut patres vestri, ita et vos.*

Oui, Messieurs, Saint Louis fut le héros et le martyr de la charité. Si, pour s'emparer de Damiette, il renouvelle les prodiges de la journée de Taillebourg; si, comme le lion de la tribu de Juda, il poursuit avec ardeur sa conquête; c'est que l'amour de ses frères agrandit et enflamme son courage; mais si, parvenu au delà du Caire, il venge la mort de l'imprudent comte d'Artois par de funestes victoires; si, languissant, affaibli par les efforts de sa valeur, il refuse d'abandonner les compagnons de ses tristes succès, c'est que vous vouliez, ô mon Dieu, qu'il reçût le prix de sa charité dans les fers; c'est que vous

voulez la couronner à la gloire du chrétien, par
les humiliations et les souffrances.

Poursuivons, Messieurs, et
développons ce caractère si digne de servir de
modèle aux souverains; St. Louis pacifique
et guerrier, allia l'humilité de la Croix avec
la majesté du Trône. quelle est donc cette
vertu, qui, plaçant l'homme entre l'orgueil et
la bassesse, ne le déprime que pour l'élever?
Allons l'apprendre dans le palais du Saint
Monarque. là nous ne trouverons point la
pourpre imposante qui annonce l'autorité
suprême; les pauvres soignés de ses mains,
sont la dépuyée de la cour; l'état de la charité
est presque le seul qui l'environne; à le voir,
on croirait que ses serviteurs sont ses maîtres,
et ses bienfaits sont les seules marques de sa
puissance; nous n'y trouverons point la pour-

des prophètes flatteurs d'Achab. Dans les autres cours, la faveur est le prix du mensonge; près de Louis, elle est la récompense de la vérité. Dans les cours, l'art de tromper est l'art de plaire; ici, il subirait la peine du crime; ailleurs, pour reprendre les fautes du prince, il faudrait de la témérité; ici il ne faut que de l'obéissance; Louis ordonne qu'on l'instruise de ses défauts, et ses censeurs sont ses amis. Allons l'apprendre dans les murs de Damiette, où, pieds nus, il marche à la suite de la Croix, comme d'un char de triomphe; là, des saintes solennités remplacent le faste des conquérans; et la modeste Damiette ne se distingue que par son éminente piété. Allons l'apprendre dans les champs de Sidon, où, comme un autre Tobie, il décerne aux morts les honneurs de

sa sépulture? Imitez-moi, disait-il à ses courtisans,
et que vos mains s'empressent d'enterrer les
martyrs de Jésus Christ; allons l'apprendre...
... mais que vais-je dire? St Louis ensevelissait-
il donc avec eux dans l'obscurité du cloître le
bonheur de son peuple? Arbitre de la destinée
des Français, serait-il abdiquer le pouvoir de
les rendre heureux? Sous prétexte du désir
d'être Saint, pourrait-il cesser d'être Roi? non,
Messieurs, au moment où il est prêt de
descendre du faîte de sa grandeur, il me semble
l'entendre se dire à lui même: je voudrais obéir
mais je dois commander. Je ne vois dans mes
obligations que des périls, mais irai-je, en lâche,
quitter mon poste? le trône est environné d'écueils,
mais quel mal m'a fait mon fils pour le mettre
à ma place? Le poids d'une couronne pèse sur tous
les instants de ma vie, mais qu'il est doux...

présent ou de juger des larmes! Je voudrais fuir,
mais je ne veux pas, la voix de mon peuple me crie
arrête; et sa voix est celle de Dieu lui même. Ainsi,
dans le Saint roi, la religion triomphe de la religion,
et le courage de la vertu des frayeurs de l'humilité.

Un prince bien différent de
lui même, Messieurs, va fixer vos regards. Ce n'est
plus St Louis prêt à déposer son sceptre aux pieds
de la Croix; c'est Louis, défenseur de la dignité de
son trône... Ici la Scène change; le Cénobite dis-
paraît; le monarque se montre; à l'éclat de la
majesté, la France reconnaît son maître. Vous vous
souvenez, Messieurs, de ce despote bizarre et féroce, qui,
pouvait compter les Souverains parmi ses victimes,
osa les compter parmi ses sujets; jaloux d'exercer
sa domination sur un prince, qui alors étonnait
l'Asie, il députa vers le Saint roi un de ses assassins
qui lui parle en ces termes: "Connaissez vous,

Monseigneur, le Vieux de la montagne ? » « J'en ai
entendu parler, répondit froidement Louis. » « Eh bien,
reprend le ministre de ce prince souverain, voulez-vous
vous de lui envoyer des présens pour en faire un ami ?
C'est un devoir dont s'acquittent chaque année
l'Empereur d'Allemagne, le roi de Hongrie, le
Soudan de Babylone. » « Va dire à ton maître,
réplique Louis, qu'un roi de France ne lui doit
que le châtiment d'une telle audace, et que,
dans quinze jours, j'attends la réparation
solennelle de son offense. » (15)

    Le tribut de crainte que les
princes infidèles payent à ce formidable empire,
Louis l'impose par son héroïque fermeté. Enfin,
le Vieux de la Montagne avoue qu'il y a un
roi sur la terre, il lui demande son alliance,
et ses envoyés déposent des présens aux pieds
de Louis. Hommage unique, rendu par un

insolent barbare, qui se croyait le monarque du
monde.

Voulez vous, Messieurs, de nouvelles preuves de l'imposante Majesté de Louis? Transportez vous à la Massoure; où la piété et le triomphe sont tout ensemble, il fait de ses maîtres ses sujets. Quel fier chrétien, s'écrient les Émirs étonnés de sa noblesse et de sa constance! Dans l'appareil de la terreur, les mains encore teintes du sang de leur Sultan, ils proposent à St Louis de l'abjurer, sous la condition du blasphème: Turcs ou mourez, lui disent ses assassins. Frappez leur répondit il, mon corps est à vous, mais vous ne pouvez rien sur mon âme; Damiette sera ma rançon; ma parole, mon serment, la croirez vous? ô Messieurs, sa volonté fait la loi. Le respect succède à l'audace: les vainqueurs

délibérèrent d'offrir la couronne au vainqueur. Ô
vertu; quel est ton pouvoir! quel est ton empire!

Qu'on ne dise donc plus, que
la religion dégrade les rois; que la piété exclut
les grandeurs; la science du ciel, l'art de gouverner. St Louis, clément et sévère, pacifique et
guerrier, humble et magnanime, n'illustre pas
moins les annales de notre histoire, que les
fastes de l'Église. Nos Césars seraient chrétiens,
s'ils pouvaient être seuls à la fois chrétiens et
Césars, disait Tertullien. que ne puis-je, en
ce moment, le faire paraître au milieu de
nous? Lisez, lui dirais-je, en courant sous
ses yeux la vie du saint monarque; n'y
découvrez-vous pas deux princes dont l'un,
dans une pieuse solitude, retraça la ferveur
des anciens cénobites; et l'autre, dans le
tourbillon de la politique, consuma sous

ses jours par une activité infatigable; l'un
eut honoré un cloître par sa simplicité,
et l'autre honora le trône par sa magnificence.
Dans l'un sembla s'épuiser pour enrichir les
Eglises, les monastères; et l'autre, versa sur
ses sujets dans les trésors de son domaine et
de son économie? Je le reverrais dans le
Saint asile où la piété de Louis a déposé
les dépouilles du Calvaire; Voulez, lui dirais-je
encore, les soupirs qu'il y pousse sans cesse vers
sa céleste patrie; considérez avec quel empressement
il suit les tumultes de sa cour, pour vaquer aux
exercices de la pénitence et de la prière. Je lui
montrerais ensuite Louis passant tout à coup
du silence d'une enceinte retraite sur le grand
théâtre de la royauté, à la tête de ses armées
et de ses conseils; opposant la force et les lois
à la licence; visitant ses provinces; dotant

partout on l'appelle le bien public. Désormais, n'en
doutez point, Messieurs, l'illustre et dangereux
Athlète de la religion accuserait son siècle de
son erreur; il gémirait de n'avoir pas vu un St Louis
à la place de l'Empereur Sévère, et son admiration serait, pour le Christianisme, une apologie
de plus.

Tant de vertus méritaient
les hommages de l'univers: eh! pourrais-je
passer sous silence celui qu'elles reçurent d'une
nation déjà ennemie de la nôtre? Le peuple
dont les bornes étroites posées par la nature
ne donnent que plus d'énergie à sa vaste
ambition; en qui la fierté républicaine engen-
dre l'excès des vices, des vertus, des talents. Le
peuple citoyen par haine, par intérêt et par
gloire; qui semble avoir réduit le droit des
gens à cette maxime, l'utilité fait la justice:

Le peuple, soulevant d'une main fanatique l'étendart
de la liberté, accablant du poids de l'autre des frères
assez courageux pour rompre un joug barbare:
le peuple toujours luttant contre lui-même, pour
mieux lutter contre ses voisins; et qui, divisé par
politique, fait de sa division le principal
ressort de son gouvernement: le peuple qui,
érigeant son île en trône, se croit assis sur
l'océan pour y commander, et s'efforce en vain
de convaincre l'univers que sous les pavillons
restent du sien: le peuple qui, ne pouvant
plus regarder la France comme sa conquête,
regarde la mer comme son empire; et ne se
joue pas moins de la foi des traités que de
la vie de ses rois; l'Angleterre, toujours orageuse
comme l'élément qui l'environne, se ligue
contre son souverain. Un français audacieux,
le Cromwell de son tems, Simon de Montfort,

Comte de Leicester, s'était allé de consoler de la perte
du patrimoine des Comtes de Toulouse par les
indiscrètes libéralités de Henri; Mais que peut la
reconnaissance sur l'ambition! sous le masque
du bien-public, il souleva les Barons contre
son bienfaiteur; vingt-quatre Barons s'emparent
de l'autorité et des forteresses; le monarque sous-
-crit à l'avilissement de sa couronne, bientôt il
s'en repent; on court aux armes, on fait des
propositions de paix; St Louis, arbitre de ses
différends, de Frédéric, de l'Europe, est choisi pour
juge: enfin, il prononce un arrêt qui met à
couvert, et la dignité du prince, et les privilèges
de la nation. Telle était sa destinée, d'avoir
jusqu'aux ennemis de la France pour sujets.
            Eh, qui n'en convient-il pas,
Messieurs! partout la renommée publia ses
louanges, pour étendre son empire. Ô, les

souvent on voyait arriver des ambassadeurs chargés
en leur respect de leurs maîtres. Dans cette
réclamation universelle on distingua la voix
des Souverains de Norvège, de Tartarie, et de plusieurs
chefs Sarrasins. Tels on vit autrefois des princes
de toutes les contrées, et le Pontife Léon lui-
même décerner à Charlemagne des honneurs
nouveaux. Charlemagne et Louis IX, noms
inscrits par la gloire dans les annales de la
Religion et de la monarchie! faites d'autre dans
leurs desseins, Charlemagne étendit sa domination de l'Ebre et du Vistule à la mer
Baltique; resserrant ses vues et son génie par
la tendresse, Louis diminua le nombre de ses
sujets pour les mieux gouverner: l'un étonna
le monde par ses conquêtes; l'autre par sa
modération: l'un s'assit sur le trône des
Césars; l'autre se contenta de le mériter: le hui-

avaient moins le faste du héros; mais il eut à un
plus haut degré la perfection du sage. Tous
ceux prièrent sur la France le repos. Orans
Charlemagne, tous les ordres de l'état, divisés et
mécontents, imploraient le joug salutaire de la
loi. St Louis, législateur, eut à vaincre des intérêts
puissants et les abus de quatre siècles. La liberté
publique fut dans les mains de Charlemagne
le ressort de sa puissance; l'autorité renaissante
fut dans les mains de Louis le signal de la
liberté: mais trop rigoureux pour un peuple
encore faible, le gouvernement de l'un ne tarda
pas à le suivre au tombeau; plus analogue
à l'enfance de nos pères, l'ouvrage de l'autre par
l'autre se développa dans le sein des générations. Charlemagne fut trop grand pour
son siècle; après avoir été la France jusqu'
à lui, il la laissa sans sanction; sachant

s'abaisser à propos; St Louis se plaça en quelque
sorte à la distance qu'il fallait pour feter utilement
le germe de la grandeur. Tous deux s'intéressèrent
aux progrès de l'esprit humain: le palais de l'un
fut le bureau des Sociétés littéraires; le palais
de l'autre fut l'asile des restes précieux du génie.
Tous deux firent éclater leur zèle contre les
ennemis de la Foi; tous deux protégèrent les
chrétiens de la Palestine. L'un retarda leur
oppression; l'autre conçut les venger. Vainqueur
des Saxons, des Lombards et des Huns, Charlemagne enrichit la France de leurs dépouilles;
mais St Louis, vainqueur et vaincu, ne remporta
que de la gloire.

Et! quelle gloire, Messieurs!
que de larmes elle fit couler! Hélas de nouveaux
malheurs menacent la France. Pour la seconde
fois St Louis s'en éloigne; il aborde en Afrique

et déja il a vaincu... Carthage est emporté, Tunis
tremble; mais bientot l'alarme succède aux chants
de la victoire... À l'aide des vents, des machines
fatales couvrent le camp Français d'une poussière
brulante: et la contagion s'unit aux feux du
climat; le saint monarque est... rappréhensions
dans sa sente peut être les témoins de son
dernier triomphe: Sur son lit de douleurs comme
dans les champs de la gloire, (Sion et son peuple
occupent ses pensées; et le spectacle de sa
mort est en abrégé le spectacle de sa vie.
On le voit s'élever avec le prophète roi jusques
dans les demeures éternelles, on croirait que,
Citoyen des Cieux, il n'habite plus sur la
terre: mais la religion elle même le ramène
parmi les hommes, par elle il console
ceux qui l'entourent; il pourvoit à la sureté
de son camp, il ranime sa voix mourante

pour instruire l'héritier de sa couronne; il transmet aux races futures le testament immortel de son amour: enfin, on l'étend sur la cendre; le sacrifice est consommé, Louis n'est plus.

Hélas! tandis que le meilleur des princes recueille dans le sein de l'éternité le prix de ses vertus, sa pompe funèbre traverse la France, au milieu de la désolation publique. (Depuis [illegible] jusqu'à la capitale, Philippe ne rencontre que des malheureux accablés de la perte de leur commun père: les uns se prosternent en silence devant les restes ou plutôt chéri des maîtres; les autres font retentir les airs de leurs plaintes et de leurs gémissemens. Ici je me représente une mère pleurant sur un fils qui vient de naître; là un vieillard, plus abattu par la tristesse

que par le poids des années; plus loin une
foule d'étrangers, déserteurs de leur patrie,
redemandant au ciel le roi qu'ils avaient
adopté! Ah! si du fond d'un cercueil il
pouvait interroger son peuple, qui l'accuserait
d'avoir été son oppresseur? *quis potest ei
dicere, operatus es iniquitatem?* Un citoyen,
perçant la foule, ferait entendre ces mots:
Le Comte d'Anjou avait entre lui mon bien et
ma liberté; mais reprochant à votre frère de
se croire au dessus des lois, vous m'avez rendu
l'un et l'autre: reprenez les, ô mon Dieu!
et faites revivre le fidèle imitateur de votre
justice! *quis potest ei dicere, operatus es
iniquitatem?*

Le peuple d'Amiens
témoignerait ainsi la reconnaissance riche
de mes dépouilles, un juge inique nous pu-

nissait de nos plaintes par des chaînes; vous
êtes venu à notre secours, et nous avons respiré.
Ah! qu'était il besoin de sortir des fers, s'il
fallait vous perdre? Le peuple de Tournay: vous
avez protégé nos jours contre des assassins qui
rachetaient notre sang à vil prix; chaque année
nous déclarions par un héraut, que vous étiez
notre père; à présent, nous relirez sans cesse
l'hommage de nos larmes: quis potest dicere
vivere, operatus es iniquitatem? Les habitans
de Toulon, en ces termes: En rendant à
Bayonne ses états dont Rome l'avait
dépouillé, vous avez banni de notre malheureuse
province l'erreur et la guerre; vous avez
devancé la domination de votre père, en régnant
sur nous par votre bonté. Ah! si nous échappons
à votre empire, nous n'échapperez point à nos
regrets: quis potest dicere, operatus es iniquitatem

D'autres ajouteraient ces mots: nous gémissions
sous le poids des anathèmes; ces pontifes vous
demandaient de confisquer nos biens au profit
des indigents: maintenus dans nos possessions
par votre justice, réconciliés à l'Église par votre
charité, nous dirions pour bénir votre mémoire:
Quis potest si dicere, operatus es iniquitatem?
Plus tristes encore, et se traînant à peine, on
verrait venir des pauvres en assez petit nombre,
(il y en a peu sous les bons princes); rangés
autour du cercueil; ils diraient: Ô vous, dont
le palais nous tenait lieu d'asyle, la charité
de richesses; vous qui nous rompiez votre pain,
qui pansiez nos plaies, qui nous fournissiez de vos
vêtemens, faites nous descendre avec vous au
tombeau; reprenez avec notre vie vos propres
bienfaits: quis potest si dicere, operatus es
iniquitatem? Enfin, mille voix s'élevant

les uns répéteraient avec attendrissement cette maxime du saint monarque : Rien de ce qui nuit au peuple ne peut être avantageux au prince ; les autres, ces belles paroles à l'héritier de son sceptre : Sache, mon fils, que je placerais avec plaisir un étranger sur mon trône, si je croyais qu'il sût mieux gouverner que vous. Tous s'écrieraient de concert : nous étions vos premiers enfans, vos seuls favoris ; tous vos vœux étaient pour nous ; tous nos titres étaient éteints, excepté celui de notre amour, qui, désormais sera celui de nos larmes : quis potest si scire, operabus et iniquitatem ?

Dans le concours, Messieurs, vous ne voyez point les courtisans avides qu'il n'a pas enrichis, les méchans qu'il a contenus, les enfans d'Ieli qu'il a repoussés du Sanctuaire, les provinces qu'il

ou soustraites à sa ceinture de son empire: leurs
plaintes seraient des louanges; leur absence
est un hommage de plus.

Âme Sublime! serait-il vrai
que vous fournissez au monde le modèle
d'un prince accompli? Non, Messieurs: oh!
ne devons nous pas nous attendre à revoir les
mêmes vertus sur le même trône, quand nous
jetons les yeux sur un jeune souverain qui,
forcé de prendre les armes pour venger sa
couronne, son peuple, l'Europe entière, s'inter-
=dit la ressource des nouveaux subsides; qui,
à l'exemple du Saint-roi, dérobe au luxe de
sa Cour des trésors toujours renaissans; qui
rend la dignité de l'homme à des esclaves,
et rallume le zèle du citoyen dans les provinces,
qui mesure en quelque sorte son temps qu'il honore
de sa confiance, pour les remettre à leur place;

qui éclaire les souterrains où la cupidité se
multipliait ; pour en établir les récompenses du
talent et de la vertu ? Hérites-t-il de la sagesse,
de la piété, de la justice, l'homme du nom, du
sang et du trône de son Saint-protecteur,
puisse-t-il, ô mon Dieu ! ne jamais oublier
ces paroles de l'Évêque des Meaux : Jésus Christ
disait aux Juifs : Si vous êtes les enfans
d'Abraham, faites les œuvres d'Abraham ;
disons à nos princes : Si vous êtes les enfans de
St Louis, faites les œuvres de St Louis. C'est
ainsi qu'après avoir travaillé à notre bonheur
sur la terre, il obtiendra d'un maître des rois
la couronne de justice.

Fin.

Notes.

(1) L'académie avait proposé en 1779, pour sujet du prix de poésie de l'année suivante, la Servitude abolie dans les domaines du Roi sous Louis XVI. Le prix a été remis à l'année 1781, aucune des pièces qui ont concouru n'ayant été jugée digne de le remporter. En différant de proclamer son vainqueur, l'Académie acquiert de nouveaux droits à la reconnaissance publique; c'est pour elle un prix qui ne saurait être différé.

(2) Il y eut quelques grands hommes sous les Rois fainéants; mais les mœurs et les lois n'y gagnèrent rien. Les talens de … Héristel ne servirent guères qu'à élever sa maison aux plus hautes espérances. Les grandes qualités de Charles Martel préservèrent la France du joug

des Sarrasins; mais elles ne rendirent la nation
ni plus éclairée, ni meilleure.

(3) À ces mêmes traits qui peignent la mère
de Louis IX, ne croirait-on pas reconnaître aussi la
mère de Louis XIV? Blanche de Castille, Anne
d'Autriche, nous chers à la nation, et par les
monarques, et par les services qu'ils rappellent;
princesses aussi ressemblantes par leurs qualités,
que leurs siècles étaient différens; même patrie,
la France les dut toutes deux à l'Espagne;
même caractère, mêmes talens; toutes deux
réunirent aux charmes de leur sexe toute l'énergie
du nôtre; à l'art dangereux de plaire, le grand
art de gouverner; à la noble fierté qui commande
le respect, les manières douces et insinuantes qui
gagnent les cœurs; à l'élévation du génie l'ascen-
dant de la sagesse; à la piété de Clotilde l'intré-
pidité de Clovis. Les habiles qu'étonne,

Blanche a vu survivre son empire à la minorité
de son auguste fils; plus heureuse que Blanche,
Anne a vu renaître le siècle du goût et des lumières.
Rivales par leurs vertus dans l'opinion de la
postérité, toutes deux ont laissé des monumens
de leur sainte magnificence; toutes deux secondées
par la politique Italienne, ont tenu avec succès
les rênes de l'État dans des tems de troubles
et d'orages.

    Ce dernier rapport entre
deux princesses, n'est pas moins frappant que
les autres. Anne d'Autriche s'apperçut bientôt
du peu de capacité du vieux Siègne de Beauvais,
et le sensage veut donner sa confiance au cardinal
Mazarin. Blanche de Castille, préféra les conseils
du jeune cardinal Romain à ceux du vieil Évêque
de Senlis, nommé Guérin. Nous ne saurions
dissimuler que cette préférence est ce qui honore

de moins la mère de St Louis. Le respectable
Chancelier Guérin s'était bien supérieur au jeune
Italien, qui possédait moins le talent de plaire
que l'art de gouverner.

(4) L'Auteur de l'Esprit des Lois, rend cet
hommage à St Louis, l. 28, v. 38. St Louis
voyant les abus de la jurisprudence de son tems,
chercha à en dégouter les peuples; il fit traduire
les livres du Droit Romain, afin qu'ils fussent
connus des hommes de loi. de ce tems là, Il
fit plusieurs règlemens pour les tribunaux de
ses domaines, et pour ceux de ses Barons;
et ils ont un succès tel, que Beaumanoir, qui
écrivait très peu de tems après la mort de ce
prince, nous dit que la manière de juger
établie par St Louis était pratiquée dans un
grand nombre de cours de Seigneurs. Ainsi ce
prince remplit son objet; il ôta le mal,

en faisant sentir le meilleur. Quand on dit
dans les tribunaux, quand on dit dans ceux des
Seigneurs, une manière de procéder plus naturelle,
plus raisonnable, plus conforme à la morale,
à la religion, à la tranquillité publique,
à la sûreté de la personne et des biens, on la
prit, et on abandonna l'autre. Inviter, quand
il ne faut pas contraindre; conduire, quand
il ne faut pas commander, c'est l'habileté
suprême. La raison a un empire naturel;
elle a même un empire tyrannique: on lui
résiste, mais cette résistance est son triomphe;
encore un peu de tems, et l'on sera forcé de
revenir à elle.

Les établissemens de S.t Louis
sont un code général qui statue sur toutes
les affaires civiles, les dispositions des biens
par testament ou entre-vifs, les dûs et les

avantages des femmes, les profits et les préro=
=gatives des fiefs, les affaires de police, etc.;
Monsieur de Montesquieu les appelle un
code amphibie, parcequ'on y a mêlé la juris-
=prudence Française avec la loi Romaine. Il
n'en est pas moins vrai, comme le dit cet
illustre écrivain, que les lois de St Louis
eurent des effets qu'on n'aurait pas dû attendre
in chef d'œuvre même de la législation. Sous
me servir encore des termes du même auteur,
quand le bâtiment fut construit, on voit sur
quoi il s'échayait.

(5) St Louis sentit la nécessité de briser les
entraves qui gênaient la liberté du commerce.
Sur les représentations des habitans de Beaucaire,
il leur permit d'emporter où ils voudraient leurs
blèds, leurs vins, et toutes leurs denrées à condi-
=tion qu'ils ne fourniraient ni armes, ni vivres,

aux Sarasins, sans que les chrétiens leur faisaient
la guerre. Le prince employa le séjour qu'il fit
dans ses états jusqu'à la seconde croisade, à former
les établissemens les plus utiles. Ce fut sous son
règne qu'Étienne Boileau ou Boylesve, prévôt
de Paris et véritable instituteur de la police, fit
les réglemens les plus sages pour les marchands
et artisans, qu'il commença à partager en communautés. Ses statuts qu'il a dressés ont servi de
modèle à tous ceux que l'on a faits depuis pour
la discipline des mêmes communautés, ou pour
l'établissement des nouvelles. Il paraît que le justice qui institua cette juridiction entre marchands,
appelée parlouer aux bourgeois, qu'on peut regarder
comme l'origine de la juridiction consulaire établie
sous Charles IX: dans le quatorzième siècle, le
juge de ce tribunal s'appelait roi des marchands
ou des merciers.

(6)   Le Cardinal Hugues, contemporain du Saint-Siège, nous représente les Juifs et les Lombards comme des enchérisseurs, qui, sans battre monnaie, faisaient d'un tournois un parisis, comme des miracles, qui attaquaient la subsistance du pauvre, et le patrimoine d'une jeunesse imprudente.

(7)   Quand le Seigneur de main-mortable ne trouvait plus de meubles dans la maison du décédé, on coupait la main droite du défunt, pour marquer que cette main avait appartenu au Seigneur, et qu'elle ne pourrait plus servir. Un Évêque de Liège, mort vers le milieu du onzième siècle, est le premier qui ait aboli cette coutume.

(8)   Lorsque je jette les yeux sur l'édit paternel qui transforme en sujets soumis des esclaves malheureux, je bénis le ciel de m'avoir fait naître sous le règne d'un prince qui ne veut commander qu'à des hommes libres: mais quand

Je considère que, toujours plongés dans les horreurs
de l'antique barbarie, cent cinquante mille de
mes compatriotes n'ont pas encore éprouvé les
avantages de cette Loi bienfaisante, mon cœur
se serre de douleur; je forme des vœux impuis-
-sans; je cherche par quelle cause l'humanité
du monarque a été arrêtée dans son cours,
instruit des obstacles qu'elle a rencontrés, parti-
culièrement dans le Comté de Bourgogne, je
ne me suis abandonné qu'avec crainte aux
mouvemens de mon cœur. Qui donc, me suis-je
écrié, me serais-je laissé séduire par les charmes
de la liberté? c'est pour éclaircir ce doute que
j'ai fait quelques recherches sur la main morte,
sur ses effets, et sur les moyens de l'abolir
heureux de pouvoir offrir à ma patrie; et à
l'humanité entière cet hommage de mon cœur.

Il paraît que la main morte

s'allie parmi nous, est une modification de
l'esclavage, et qu'il faut en chercher la source
chez les peuples nos ancêtres. Suivant les uns,
la servitude germanique a été le principe
de celle qui subsiste encore au milieu de
nous; selon les autres, nos mains mortables
sont les successeurs des serfs si communs dans
l'empire romain. Les Germains ne connaissaient
pas l'esclavage personnel et domestique; leurs
esclaves attachés aux fonds de terre, n'avaient
point d'office dans la maison; ils ne devaient
à leurs maîtres qu'une certaine quantité de blé,
de bétail, ou d'étoffe. S'il en faut croire Tacite,
on ne pouvait distinguer les maîtres des esclaves
par les délices de la vie; tel était, à notre honte,
l'esprit de justice et d'humanité chez ce peuple
simple que nous appelons barbare, et qu'il
fut moins qu'on ne l'est en France au dix-

huitième siècle. Les Romains avaient entre leurs
esclaves domestiques, des serfs nommés censiti
adscripti, parcequ'ils étaient inscrits au régistre
du cens, ou glebæ addicti, parcequ'ils étaient enchainés
aux fonds qu'ils cultivaient et dont ils furent
déclarés faire partie. César, dans le 6.ᵐᵉ livre de
ses commentaires, nous apprend que les malheureux
étaient subi le joug des hommes puissans, soit
parcequ'ils étaient écrasés sous le poids des dettes
ou des impositions, soit parcequ'ils n'avaient pû
résister à la force: Plerique cùm aut ære alieno,
aut magnitudine tributorum, aut injuriâ poten-
tiorum premuntur, sese in servitutem dicant
nobilibus, in hos eadem sunt jura quæ dominis
in servos. La servitude de la glèbe eut aussi lieu
chez les Gaulois, comme on en peut juger par
la loi des Bourguignons, où il est dit que, quand
ces peuples s'établirent dans les Gaules, ils

reçurent les deux tiers des terres, et le tiers des
serfs. Le petit nombre d'hommes libres qu'on
a vus en France vers le commencement de la
troisième race, a donné l'idée d'un règlement
général fait par les Francs du tems de la
conquête, pour soumettre tous les Romains
à la condition servile; mais quelqu'obscurs
que soient les premiers siècles de notre monarchie,
nous y distinguons clairement une multitude
innombrable d'hommes libres, soit parmi les
Francs, soit parmi les Romains, soit dans
les villes, soit dans les campagnes; nous voyons
les Goths, enlever dans leurs premières invasions,
jusqu'aux hommes et aux femmes, les partager
entre eux; puis rendre les habitans à compo-
sition, et leur laisser tous les droits civils et poli-
tiques. Si presque tous les laboureurs et tous
les habitans des villes furent serfs sous les

premiers rois de la troisième dynastie; et s'en
doit on chercher la cause, non dans une loi
générale faite par les Francs, mais dans les
ravages de la guerre et dans l'humble droit
des gens qui subsista après la conquête. Les
divers partages de la monarchie firent naître
sans cesse des guerres civiles entre les frères et
les neveux. Alors la résistance, la révolte, la
prise des villes emportaient avec elles la servitude
des vaincus; ainsi, après la paix qui se fit entre
Gontran et Chilpéric, les assiégians de Bourges
amenèrent tant de butin qu'ils ne laissèrent
presque dans le pays ni hommes, ni troupeaux;
ainsi, l'armée de l'Épine revint de l'Aquitaine en
France, chargée de dépouilles et de serfs, disent
les annales de Metz. (De là une infinité d'esclaves
rettirés par des hommes libres, se changèrent en
main-mortables. Plusieurs chartes nous apprennent

que ceux qui avaient beaucoup de serfs prirent ou
se firent céder de grands territoires, et y bâtirent
des villages. Une dévotion mal entendue contribua
aussi aux progrès de la main-morte. Les proprié-
=taires concédèrent leurs terres à l'Église pour les
tenir eux-mêmes à cens; ce fut ce qui peupla les
abbayes d'Alcuin: Elipand de Tolède lui repro-
=cha d'en avoir jusqu'à vingt mille. Dans des
siècles postérieurs on vit encore beaucoup de gens
se donner, eux, leurs enfans et tous leurs biens
aux Saints et aux Saintes dont ils croyaient
avoir éprouvé le crédit et la puissance auprès
des Dieux; tellement, comme dit Beaumanoir,
que ce qui avait été fait par cause de bonne foi,
tourna en dommage, et on la vilenie aux hoirs.
Une autre cause multiplia le nombre des serfs,
c'était l'usage de réputer tels tous les étrangers
qui venaient s'établir en France. Charlemagne

excepté les Espagnols qui avaient été reçus dans la
monarchie; il défendit aux comtes d'exiger d'eux
le cens ou tribut levé sur les serfs. Mais l'anarchie
féodale fut la cause la plus universelle et la plus rapide
des progrès de la servitude. C'est une chose digne
de remarque dans notre histoire, que toutes les époques
de l'abaissement de l'autorité royale, sont celles de
l'oppression du peuple. La décadence du gouvernement
Mérovingien avait excité l'injustice des comtes et
des seigneurs, qui, abusant de leurs forces, exigèrent
des corvées, des redevances, et courbèrent sous le joug
de la tyrannie, tous ceux qui étaient trop faibles
pour leur résister. À peine le monstre de la
féodalité fut-il sorti des ruines de la puissance des
Carlovingiens, qu'il dévora, pour ainsi dire, tout ce
que les malheurs des règnes de la première race avaient
laissé de citoyens libres. Alors, l'impunité du brigandage alluma dans l'âme de tous les possesseurs

de fiefs, l'affreuse ambition d'asservir les habitans
des villes et des campagnes. Ils finirent par s'emparer
de leurs personnes. Les uns, réduits à l'indigence
par leurs Seigneurs mêmes, venaient leur dire:
Nous cultiverons les terres que vous nous avez enle-
=vées, et nous demeurerons vos hommes de corps.
Les autres, pour se mettre à l'abri des hostilités
que le droit de guerre rendait générales, se
réfugièrent avec leurs effets les plus précieux dans
les châteaux de quelques hommes puissans, à
qui ils disaient : Soyez nos protecteurs, et nous
vous sacrifions notre liberté. Plusieurs n'échappaient
au fer d'un vainqueur furieux qu'en s'éclaircissant
l'ignominie de l'esclavage. Ceux ci refusant
de combattre pour le Seigneur, dont les querelles
ne les intéressaient pas, devenaient par là
même des Serfs, eux et leur postérité. ajoutons
que souvent les Seigneurs ne se faisoient la

guerre que pour dépouiller plus aisément les pro=
=priétaires placés dans l'étendue de leur petite
domination. Ceux là, pour avoir habité un pays
pendant un an et un jour, perdaient leur état
de franchise. Quelques uns ont reçu des fonds
sous la condition de la main-morte. Tels les
Français Picards ou Normands, dont parle
Dumoulin; qui, écrasés sous le poids des impôts,
vinrent s'établir dans le Comté de Bourgogne,
sous les règnes de François 1er et de Henri II.
*Servivi manus-mortuæ, non semper à barbarie,
vel bellica et hostili captivitate capti; sed quandoque
ab humanitate, ut sub Francisco primo et Henrico
Secundo.* Au lieu de vanter l'humanité des Seigneurs
Comtois, disons plutôt qu'ils violèrent les droits
de l'hospitalité, en profitant du malheur de ces
transfuges, pour les dégrader et les asservir.
Les Africains que nous achetons sur les côtes

se suffisent ne verraient-ils donc en nous que
des maîtres généreux, parceque nous les nourissons
pour en faire les instrumens de notre cupidité?
Quoi qu'il en soit, cette origine de la main-morte,
la plus rare sans doute, qui par conséquent ne
les présume point, a fourni aux Seigneurs un
plan de défense contre ces prétendus serfs qui
osent réclamer les droits sacrés qu'ils tiennent
de la nature. On entend ces tyrans, les infortunés
qu'ils ont souvent asservis par fraude, sont
des ingrats, quand ils veulent briser leurs fers;
ils ont oublié les dons faits à leurs ancêtres,
ce sont des monstres qui outragent leurs bien-
=faiteurs. ces déclamations qui le croirait? ont
quelques fois séduit les tribunaux, parceque la
main-morte a pu avoir une source moins odieuse
que la violence et l'usurpation; des juges d'ailleurs
respectables par leur équité, ont, sur des preuves

de la main-morte, d'une facilité étonnante, sans-
l'habitude de voir les objets dans un certain point
de vue leur ôte de leur difformité. On admet comme
des titres, ces reconnaissances qui souvent ont été
dictées aux mendiants d'une paroisse; on se décide
quelquefois sur de simples indices: et c'est ainsi
qu'on anéantit la liberté des citoyens. C'est-
pourquoi nous mettons la France au nombre
des causes de la main morte. Dunod, rapporte
à la fin de son traité sur cette matière, la
lettre d'un estimable magistrat de Franche-
Comté, qui s'exprime en ces termes: « L'homme
franc, qui possède des fonds en territoire, est
souvent réduit à la dure alternative, ou d'avouer
les biens de main-morte, ou d'essuyer un procès
avec le seigneur, qui n'a ordinairement pour
titres que des reconnaissances qu'il doit presque
toujours aux démarches criminelles de ses agents.

et quelquefois à un Commissaire à Terrier vendu
à ses intérêts.» Nous osons avancer que si les
seigneurs, pour établir leurs droits de main-
=morte, étaient tenus de rapporter le titre
constitutif, et à Son défaut, des reconnaissances
anciennes et à l'abri de toute critique, on en
trouverait à peine un qui put constater l'exis=
=tence de la première convention. Qu'il nous soit
permis de dire avec le défenseur du Mont Jura:
« Où est-il donc le titre de ce pacte singulier ?
Où est-il ce contrat en partageant dans lequel
une partie a dit à l'autre: Nous creuserons le
sein de la terre; nous lui arracherons laborieuse-
=ment ses productions; mais ce sera pour votre
utilité: nous resterons enfermés sous le chaume
avec les bœufs et les chevaux, c'est nous partage-
=rons le labeur; nous consommerons avec eux
quelques unes des productions en champs que nous

aurons dépouillé: nous aurons soin d'acquitter
pour vous toutes les charges de l'État; mais la
portion la plus riche des fruits de la terre, mais
le sol que nous aurons fertilisé, mais la hutte
même que nous aurons construite—et où nos enfans
sont nés, enfin les premiers outils que nous
aurons mis dans leurs mains débiles, nous vous
supplions de regarder tout-cela comme vôtre
propre bien: notre intention est qu'à notre
mort vous veniez promptement faire emporter
notre cadavre, pour jouir plus vite de notre suc-
=cession; que vous comblez te désespoir d'une
famille en larmes, en la chassant sans pitié
de l'héritage que nous aurons ensemencé; et en
lui enlevant jusqu'au lit où elle aura recueilli
nos derniers soupirs."

    Les effets de la Main-morte
diffèrent suivant les différentes coutumes des

pays où elle subsiste. On l'appelle en quelques provinces condition serve, comme dans le Mâconnais et dans le Bourbonnais; parcequ'elle tient beau-coup de ce qui était réglé par le droit romain à l'égard des esclaves. On la nomme taillabilité en Dauphiné et en Savoie; parceque les serfs y étaient taillables et imposables à la volonté de leurs seigneurs. On lui donne le nom de main-morte dans le Duché et dans le Comté de Bourgogne, ainsi qu'en Auvergne.

Les effets de la servitude sont personnels ou réels. La servitude personnelle consiste dans l'incapacité de disposer de ses biens, même en faveur de ses enfans, s'ils n'ont pas toujours vécu en communion avec leur père, c'est-à-dire dans la même maison et à la même table. Le fils en communion demande l'aumône à la porte de la maison que le père a bâtie, et le seigneur,

loisir de la loi donnat, et arroge jusqu'au droit
de ne point payer les créanciers du père, et de regarder comme nulles les dettes hypothéquées sur la
maison dont il s'empare. La dot même des femmes
n'a d'hypothèque que du consentement du Seigneur,
et s'il lui plaît, les créanciers, la veuve, les enfans,
tout meurt dans la mendicité. Le mariage force
une fille à quitter la maison de son père; dès
ce moment, elle perd jusqu'à sa légitimité, à
moins que, conformément à l'article VIII du
titre XV de la coutume du Comté de Bourgogne,
Elle ne retourne gésir la première nuit de ses noces
dans la maison paternelle. L'attestation qui le
constate s'appelle l'acte du despret; expression
aussi bizarre que la loi est monstrueuse. Tout
ce qu'acquiert le serf de corps, il l'acquiert pour le
Seigneur; quelque soit l'immeuble qu'il possède,
il ne peut le transmettre à ses proches, à ses enfans

même, que sous les plus étranges restrictions. La
servitude personnelle se contracte par la naissance
et par l'habitation. Le fils du serf, né dans
l'esclavage de la domination du seigneur, est
serf comme son père; bien plus, à Besançon on
déclare serf le fils du mortaillable, quoique né
en terre de franchise. L'air contagieux du pays
de main-morte porte une atteinte mortelle
à la liberté de ceux qui ont l'imprudence
de le respirer. L'homme franc qui va demeurer
en bien de main-morte, s'il y prend main, il
devient homme main-mortable pour lui et sa
postérité à naître. Art. 11 du Tit. XV. Il fut jugé,
par arrêt du 24 février 1630, qu'un homme qui
n'avait que la huitième partie d'une maison de
main-morte, et qui y était venu demeurer, était
main mortable par prise de main. Si un
homme libre, marié à une serve, meure à

dans l'habitation ou le mien de sa femme,
il laisse à ses enfans la servitude pour heritage.
Art. III. Si une femme franche, veuve d'un mari
mortable, passe un an dans la maison de son
mari, elle devient main mortable; Art. IX. La
servitude réelle, moins atroce que la personnelle,
n'affecte que la terre, et non le possesseur: de
même que tous les biens d'un serf de corps,
décédé sans communiers, francs ou main-mortables, meubles ou immeubles, appartiennent
au seigneur par droit d'échute. De même
aussi les biens main-mortables de l'homme
franc qui meurt sans descendans, ou sans
autres parens ou communiers avec lui, devien-
nent la proie du seigneur. Une main de
fasse de retraire les horreurs de ce Code, plus
barbare que la loi   , plus digne de
régler la jurisprudence des Huns et des Vandales,

que celle d'un peuple éclairé (de ce code,
en vertu duquel un seigneur s'ente, fonde sur
des biens acquis en lieu franc par le soin
d'un bon père de famille; de ce code destruc=
=teur du commerce, non moins contraire aux
progrès de l'industrie et de la population,
aux bonnes mœurs même, qu'aux lois de
l'humanité (de ce code Gothique qui enchaîne
sous le même chaume, dans la même hutte,
des malheureux souvent aussi différens d'humeur
que d'âge, de sexe, encore plus tourmentés par
une haine mutuelle, que par les fers de l'es=
=clavage; de ce code, enfin, toujours proscrit=
par l'autorité bienfaisante, et toujours main=
=tenu par l'intérêt et l'orgueil. Que l'auteur
d'une dissertation couronnée en 1778 par l'aca=
=démie de Besançon, croie trouver dans la
main-morte une source de richesses, de popu=

=lation et d'industrie, qu'il s'étale tant qu'il
voudra du témoignage du président Bouhier
qui avait des serfs: pour moi, qui respecte
encore davantage l'autorité de Louis IX, de
Louis X, de Louis XVI, celle du bon, de l'immortel Léopold, Duc de Lorraine, celle du roi
de Sardaigne, qui par un édit du 20 janvier
1762, a affranchi tous les serfs du Duché de
Savoie; celle du premier président de Lamoignon,
qui a dressé un projet d'édit pour l'abolition
de la servitude en France; celle du plus doux,
du plus aimable des hommes, Saint François
de Sales; qui, en sa qualité d'évêque de
Genève, avait des serfs aussi, et qui néanmoins,
regarda les droits de main morte comme indignes
d'un évêque. Je ne borne pas mes vœux à
l'abolition de la monstrueuse servitude, qui
excite tant de gémissements dans nos colonies

persuadés qu'il y aura en France des colons
malheureux, tant qu'il en restera de dégradés
par une continue érigée en loi.

L'auteur du Compte rendu
nous apprend, il est vrai, que quelques seigneurs
ont affranchi leurs serfs à l'imitation de sa
majesté, et que le chapitre de Saint Claude
même va rendre la liberté à ses main-mortables, moyennant un léger cens payé à celui
fixé dans les domaines du roi; Mais les
tribunaux jugeront toujours suivant l'ancienne
jurisprudence, mais le droit de suite subsistera
pour les seigneurs qui ne suivront pas un si
bel exemple, dans les provinces où l'Édit
n'a point été enregistré. C'est-à-dire, ils
réclameront toujours l'héritage d'un homme
né dans l'étendue de leur seigneurie; quoiqu'
il s'en soit absenté depuis longtemps, et qu'il

ait établi son domicile dans un pays franc.

Quelque soit le nombre de ceux qui refusent
d'abjurer le triste honneur d'être les tyrans d'une
contrée entière, il y a lieu de croire que, sous
le règne du meilleur des rois, tous les sujets du
royaume ressentiront les effets, sinon de l'exemple, du moins de l'autorité du Souverain; car
les plus anciens monuments, d'accord avec notre
jurisprudence, prouvent que le prince a le
pouvoir d'affranchir malgré le seigneur.

Louis le gros établit une commune dans la
ville de Soisson, sans le consentement du comte
de la ville. Vauchel cite un arrêt rendu
le premier Juin 1671, en faveur de quelques serfs
Bourguignons affranchis par le Roi, contre la
Dame dont ils étaient sujets main mortables.
Les célèbres jurisconsultes, Jacquet, Dunod, &c.,
consacrent cette précieuse et consolante maxime

Regnum minus est, et monarcha dignum,
Servos manu mittere, et servitutis maculam delere.

Les Seigneurs n'auraient point à se plaindre
d'un affranchissement général, surtout si
le Roi leur accordait pour indemnité, un cens,
ou ces droits de Lods, dans toutes les mutations,
autres que par donation entre vifs; ou par Succession
directe ascendante et descendante, sans préjudicier
toutes fois aux redevances et autres prestations
annuelles dues par les tenanciers. Puisse le
prince qui nous gouverne consommer l'ouv-
vrage de sa bienfaisance et de sa justice: —
Puisse-t-il effacer jusqu'à la trace de cette flé-
trissure honteuse qui abâtardit encore une
foule de citoyens, et éloignent les voeux de la
religion et de la patrie.

(9) Je les appelle ainsi, parceque, comme
les magistrats romains, ils défendaient le

peuple contre la tyrannie des grands.

(30) Voyez la défense de la déclaration du clergé de France, t. 2. p. 55 et suivantes p. 57, on lit ce qui suit : « qu'on expose tant qu'on voudra les pontifes romains sur leurs bonnes intentions, sur l'ignorance du siècle où ils vivaient, sur la nécessité où ils croyaient être d'arrêter, par des peines temporelles, l'abus que les princes fesaient de leur autorité, on ne nous fera pas pour cela respecter des actions dont Jésus Christ, ni les apôtres, ni les Saints Pères n'ont jamais donné aucun exemple, et qui ont causé de si grands maux à l'église ». Cependant nous croyons pouvoir dire avec Mr. l'abbé de Mably, l'un des écrivains les plus estimables de notre siècle, que « les prétentions de la cour de Rome et des évêques qui nous

paraissent aujourd'hui monstrueuses, ~
n'avaient rien d'extraordinaire dans le tems
où régnaient les premiers Capétiens; elles
n'étaient que trop analogues aux préjugés
absurdes que le droit des fiefs avait fait
naître sur la nature de la société, et à la
manière dont chacun se faisait des pré=
=rogatives. L'ignorance profonde où on
était plongé faisait paraître tout rai=
=sonnable, et rendait tout possible. Le
clergé pouvait se faire illusion à lui
même, ne voyant aucune loi, ni aucune
autorité respectée, ne trouvant partout
que les ravages de la barbarie et l'anar=
=chie; il regardait peut-être son pouvoir
comme le seul remède qu'il fut possible
d'appliquer avec succès aux maux de
l'état. Peut-être croyait=il devoir se rendre

tout-puissant, pour détruire le droit judi-
ciaire, accréditer les frères qu'il ordonnait
d'observer dans les jours que la religion
consacre, d'une façon plus particulière à
celle de Dieu; inspirer le goût pour la paix,
et jeter les semences d'une police plus
réglée. On a fait trop d'honneur à
l'humanité, en exigeant que le clergé
se comportât avec plus de retenue, quand
tout concourait à tromper son zèle et à
servir son ambition. Au lieu de déclamer
avec emportement contre les entreprises
des Papes et des Évêques, il n'aurait fallu
que plaindre l'aveuglement de nos pères,
et les malheurs des temps.» Observations
sur l'histoire de France t. 2. p. 40 et 41.

(11) Voici ce qu'on lit dans le sermon de
Bossuet sur l'unité de l'Église; p. 509 t. 5

édit. de 1743, in 4°. « Defin - l'Église Romaine
est la mère des Églises, mais non pas une
maîtresse impérieuse; et vous êtes non pas
le seigneur des Évêques, mais l'un d'eux...
c'est ainsi ce qui obligea le roi le roi le
plus Saint qui ait jamais porté la
couronne, le plus soumis au Saint Siège
et le plus ardent défenseur de la foi romaine
(vous connaissez St Louis), à persévérer dans ses
maximes et à publier une pragmatique,
pour maintenir dans son royaume le
droit commun et la puissance des ordin-
aires, selon les conciles généraux et les
institutions des Saints Pères. Ne demandez
plus ce que c'est que les libertés de l'Église
Gallicane, les voilà toutes dans les précieuses
paroles de l'ordonnance de St Louis.

(12) La translation de l'hôpital des

quinze-vingts assure à à M^r le cardinal de Rohan le titre glorieux de bienfaiteur des pauvres aveugles du royaume. Cette opération est d'autant plus avantageuse qu'elle fournit les moyens, non-seulement de rendre heureux le sort des trois cents frères et sœurs de la fondation de St Louis, mais encore de donner des secours aux autres aveugles répandus dans la capitale et dans les provinces.

(12) Auren-zeb, à qui on demandait pourquoi il ne bâtissait point d'hôpitaux, dit: je rendrai mon empire si riche, qu'il n'aura pas besoin d'hôpitaux. Chardin, Voyage de Perse.

(14) Le traité se fit en 1258. Philippe n'était point à cette époque héritier présomptif de la couronne; mais il le devint en 1260, par la mort de Louis, fils aîné du St Monarque et de Marguerite de Provence. Son mariage

avec Isabelle d'Aragon ne fut célébré qu'en
1262.

(15) Ces dernières paroles que nous mettons
dans la bouche de St Louis furent rendues
à l'envoyé du vieux de la Montagne par
les grands maîtres du Temple et de l'hôpital,
qui servirent d'interprètes à ce Saint-Roi

www.ingramcontent.com/pod-product-compliance
Ingram Content Group UK Ltd.
Pitfield, Milton Keynes, MK11 3LW, UK
UKHW031847170726
13836UKWH00004B/1940